"一带一路"沿线国家经典诗歌文库

（第一辑）

主编　赵振江

副主编　蒋朗朗　宁琦　张陵

匈牙利诗选

冯植生　编译

作家出版社

译者冯植生

冯植生

一九三五年生，广西百色人。

中国社会科学院外国文学研究所研究员，早年毕业于匈牙利著名的罗兰（布达佩斯）大学语言文学系。

著有学术专著《匈牙利文学史》《裴多菲传》《莫里兹》，译著（含合译）《米克沙特短篇小说选》《笼中鸽》《圣彼得的伞》《奇婚记》《强盗》《亲戚》《金棺》《匈牙利现代小说选》等，发表有关匈牙利文学、作家的论文、文章数十篇，还译有多位匈牙利作家的小说、诗歌、散文及文艺理论作品，主编《东欧短篇小说选》（上、下册）《被忘却的歌》《二十世纪中欧、东南欧文学史》。

目　录

总　序

　　二〇一三年秋，习近平主席先后提出建设"丝绸之路经济带"和"二十一世纪海上丝绸之路"（简称"一带一路"）的倡议。"一带一路"一经提出，便在国外引起强烈反响，受到沿线绝大多数国家的热烈欢迎。如今，它已经成了我们在政治、经济和文化生活中最具活力的词汇。"一带一路"早已不是单纯的地理和经贸概念，而是沿线各国人民继往开来、求同存异、构建人类命运共同体的幸福路、光明路。正如一首题为《路的呼唤》[1]的歌中所唱的：

> ……
> 有一条路在呼唤
> 带着心穿越万水千山
> 千丝万缕一脉相传
> 注定了你我相见的今天
> 这一条路在呼唤
> 每颗心都是远洋的船
> 梦早已把船舱装满
> 爱是我们共同的家园
> ……

　　习主席关于构建人类"政治互信、经济融合、文化包容的利益共同体、命运共同体和责任共同体"的主张是人心所向，众望所归。联合国将"构

1　《路的呼唤》：中央电视台特别节目《一带一路》主题曲，梁芒作词，孟文豪谱曲，韩磊演唱。

建人类命运共同体"写入大会决议，来自一百三十多个国家的约一千五百名贵宾出席二〇一七年五月十四日在北京举行的"一带一路"国际合作高峰论坛，就是最有力的证明。

在国与国之间，政治互信、经济融合、文化包容的基础在民心，而民心相通的前提是相互了解和信任。正是出于这样的理念，我们决定编选、翻译和出版这套"'一带一路'沿线国家经典诗歌文库"，因为诗歌是"言志"和"抒情"最直接、最生动、最具活力的文学形式，诗歌最能反映大众心理、时代气息和社会风貌。"'一带一路'沿线国家经典诗歌文库"是加强沿线各国人民之间相互了解和信任的桥梁。

"'一带一路'沿线国家经典诗歌文库"的创意最初是由作家出版社前总编辑张陵和中国诗歌学会会长骆英在北京大学诗歌研究院院会提出的。他们的创意立即得到了谢冕院长和该院研究员们的一致赞同。但令人遗憾的是，在本校的研究员中只有在下一人是外语系（西班牙语）出身，因此，他们就不约而同地把这套书的主编安在了我的头上。殊不知在传统的"一带一路"沿线国家中，没有一个是讲西班牙语的。可人家说："一带一路"是开放的，当年"海上丝绸之路"到了菲律宾，大帆船贸易不就是通过马尼拉到了墨西哥吗？再说，巴西、智利、阿根廷三国的总统不是都来参加"一带一路"国际合作高峰论坛了吗？怎么能说"一带一路"和西班牙语国家没关系呢？我无言以对。

古丝绸之路是指张骞（前一六四年至前一一四年）出使西域时开辟的东起长安，经中亚、西亚诸国，西到罗马的通商之路。二〇一三年九月七日，习近平主席在哈萨克斯坦纳扎尔巴耶夫大学演讲时，提出共建"丝绸之路经济带"的主张，赋予了这条通衢古道以全新的含义，使欧亚各国的经济联系更加紧密、相互合作更加深入、发展空间更加广阔，从而造福沿途各国人民。至于古老的"海上丝绸之路"，自秦汉时期开通以来，一直是沟通东西方经济和文化交流的重要渠道，尤其是东南亚地区，自古就是"海上丝绸之路"的重要枢纽。习主席建设"二十一世纪海上丝绸之路"的构想使其在新的历史起点上，有了更加重要而又深远的意义。

"一带一路"沿线国家主要包括西亚十八国（伊朗、伊拉克、格鲁吉亚、亚美尼亚、阿塞拜疆、土耳其、叙利亚、约旦、以色列、巴勒斯坦、沙特阿拉伯、巴林、卡塔尔、也门、阿曼、阿拉伯联合酋长国、科威特、黎巴嫩），中亚六国（哈萨克斯坦、土库曼斯坦、吉尔吉斯斯坦、乌兹别克斯坦、塔吉克斯坦、阿富汗），南亚八国（尼泊尔、不丹、印度、巴基斯坦、孟加拉国、斯里兰卡、马尔代夫、阿富汗），东南亚十一国（印度尼西亚、马来西亚、菲律宾、新加坡、泰国、文莱、越南、老挝、缅甸、柬埔寨、东帝汶），中东欧十六国（阿尔巴尼亚、波斯尼亚和黑塞哥维那、保加利亚、克罗地亚、捷克、爱沙尼亚、匈牙利、拉脱维亚、立陶宛、马其顿、黑山、罗马尼亚、波兰、塞尔维亚、斯洛伐克、斯洛文尼亚）。独联体四国（俄罗斯、白俄罗斯、乌克兰、摩尔多瓦），再加上蒙古和埃及等。

从上述名单中不难看出，"一带一路"沿线国家多为文明古国，在历史上创造了形态不同、风格各异的灿烂文化，是人类文明宝库重要的组成部分。诗歌是文学的桂冠，是文学之魂。文明古国大都有其丰厚的诗歌资源，尤其是经典诗歌，凝聚着国家和民族的精神和理想。各国之间的文化交流与经贸往来，既相互交融又相互促进，可以深化区域合作，实现共同发展，使优秀文化共享成为相关国家互利共赢的有力支撑，从而为实现习主席构建人类命运共同体的伟大目标打下坚实的文化基础。

"一带一路"沿线国家多是发展中国家。长期以来，我们一直比较重视对欧美发达国家诗歌的译介，在"经济一体、文化多元"的今天，正好利用这难得的契机，将这些"被边缘化"国家的传统文化和民族精神纳入"一带一路"的建设，充分发掘它们深厚的文化底蕴，让它们的古老文明在当代世界发挥积极作用，使"文库"成为具有亲和力和感召力的文化桥梁。

"一带一路"沿线国家又多是中小国家。它们的语言多是非通用的"小语种"，我国在这方面的人才储备相对稀缺，学科建设相对薄弱；长期以来，对这些国家的文学作品缺乏系统性的译介和研究。从这个意义上说，"文库"的出版具有填补空白的性质，不仅能使我们了解这些国家的诗歌，也使相关的学科建设和学术研究有了新的生长点。

"'一带一路'沿线国家经典诗歌文库"的现实意义和深远影响已经很清楚了，但同样清楚的是其编选和翻译的难度。其难点有三：一是规模庞大，每个国家一卷，也要六十多卷，有的国家，如俄罗斯、印度，还不止一卷；二是情况不明，对其中某些国家的诗歌不是一无所知也是知之甚少，国内几乎从未译介过，如尼泊尔、文莱、斯里兰卡等国；三是语言繁多，有些只能借助英语或其他通用语言。然而困难再多，编委会也不能降低标准：一是尽可能从原文直接翻译，二是力争完整地呈现一个国家或地区整体的诗歌面貌。

总之，"文库"的规模是宏大的，任务是艰巨的，标准是严格的。如何完成？有信心吗？答案是肯定的。信心从何而来呢？我们有译者队伍和编辑力量做保证。

"'一带一路'沿线国家经典诗歌文库"的编译出版由北京大学外国语学院和中国作家出版社联袂承担，可谓珠联璧合，阵容强大。

北京大学外国语学院是国内外国语言文学界人才荟萃之地，文学翻译和研究的传统源远流长。北大外院的前身可以追溯到京师同文馆（一八六二年）和京师大学堂（一八九八年）。一九一九年北京大学废门改系，在十三个系中，外国文学系有三个，即英国文学系、法国文学系、德国文学系。一九二〇年，俄国文学系成立。一九二四年，北京大学又设东方文学系（其实只有日文专业）。新中国成立后，东语系发展迅速，教师和学生人数都有大幅度增长。一九四九年六月，南京东方语言专科学校和中央大学边政学系的教师并入东语系。到一九五二年京津高校院系调整前，东语系已有十二个招生语种、五十名教师、大约五百名在校学生，成为北大最大的系。

一九五二年院系调整时，重新组建西方语言文学系、俄罗斯语言文学系和东方语言文学系。其中西方语言文学系包括英、德、法三个语种，共有教师九十五人，分别来自北大、清华、燕大、辅仁、师大等高校（一九六〇年又增设西班牙语专业）；俄罗斯语言文学系共有教师二十二人，分别来自北大、清华、燕大等高校；东方语言文学系则将原有的西藏语、维吾尔语、西南少数民族语文调整到中央民族学院，保留蒙、朝、日、越、暹罗、印尼、缅甸、印地、阿拉伯等语言，共有教师四十二人。

北京大学外国语学院于一九九九年六月由英语系、西语系、俄语系和东语系组建而成，下设十五个系所，包括英语、俄语、法语、德语、西班牙语、葡萄牙语、日语、阿拉伯语、蒙古语、朝鲜语、越南语、泰国语、缅甸语、印尼语、菲律宾语、印地语、梵巴语、乌尔都语、波斯语、希伯来语等二十个招生语种。除招生语种外，学院还拥有近四十种用于教学和研究的语言资源，如意大利语、马来语、孟加拉语、土耳其语、豪萨语、斯瓦西里语、伊博语、阿姆哈拉语、乌克兰语、亚美尼亚语、格鲁吉亚语、阿塞拜疆语等现代语言，拉丁语、阿卡德语、阿拉米语、古冰岛语、古叙利亚语、圣经希伯来语、中古波斯语（巴列维语）、苏美尔语、赫梯语、吐火罗语、于阗语、古俄语等古代语言，藏语、蒙语、满语等少数民族及跨境语言。学院设有一个一级学科博士点、十个二级学科博士点和一个博士后流动站，为北京市唯一外国语言文学重点一级学科。学院师资力量雄厚：全院共有教师二百一十二名，其中教授六十名、副教授八十九名、助理教授十六名、讲师四十七名，拥有博士学位的教师一百六十三人，占教师总数的百分之七十七。

从以上的介绍不难看出，北京大学外国语学院的语言教学和科研涵盖了"一带一路"的大部分国家，拥有一批卓有成就的资深翻译家和崭露头角的青年才俊，能胜任"文库"的大部分翻译工作。至于一些北大没有的"小语种"国家，如某些中东欧国家，我们邀请了高兴（罗马尼亚语）、陈九瑛（保加利亚语）、林洪亮（波兰语）、冯植生（匈牙利语）、郑恩波（阿尔巴尼亚语）等多名社科院外文所和兄弟院校的专家承担了相应的翻译工作，在此谨对他们表示诚挚的敬意和衷心的感谢。

有好的翻译，还要有好的编辑。承担"'一带一路'沿线国家经典诗歌文库"编辑出版任务的作家出版社是国家级大型文学出版社，建社六十多年来出版了大量高品质的文学作品，积累了宝贵的资源和丰富的经验。尤其要指出的是，社领导对"文库"高度重视，总编辑黄宾堂、前总编辑张陵、资深编审张懿翎自始至终亲自参与了所有关于"文库"的工作会议，和北大诗歌研究院、北大外国语学院的领导一起，精心策划，全力以赴，保证了"文库"顺利面世。

最后还要说明的是，"'一带一路'沿线国家经典诗歌文库"得到了北大校领导的大力支持。"文库"第一批图书的出版恰逢北京大学建校一百二十周年（一八九八年至二〇一八年），编委会提出将这套图书作为对校庆的献礼。校领导欣然接受了编委会的建议，并在各方面给予了大力支持，校党委宣传部部长蒋朗朗同志从始至终参与了"文库"的策划和领导工作。至于北京大学外国语学院的领导更是责无旁贷地承担了全部翻译工作的设计、组织和落实。没有他们无私忘我、认真负责的担当，完成这样艰巨的任务是不可能的。

"'一带一路'沿线国家经典诗歌文库"第一批诗作即将出版，这只是第一步，更艰巨的工作还在后头；更何况随着时间的推移，"一带一路"的外延会进一步扩展，"文库"的工作量和难度也会越来越大。但无论如何，有了这样的积累，我们完全有理由相信，"'一带一路'沿线国家经典诗歌文库"会越来越好。为了实现这样的目标，我们期待着领导、业内同仁和广大读者的批评指教。

赵振江

二〇一七年秋于北京大学蓝旗营寓所

前　言

　　这部《匈牙利诗选》共收入匈牙利十九位诗人创作的诗歌，其中包括著名诗人魏勒什马尔蒂、裴多菲、阿兰尼、奥第和尤若夫等在内的及其创作的作品，反映了匈牙利约几个多世纪的诗歌发展态势，在思想性和艺术上取得的重要成就，从一个重要侧面揭示了匈牙利历史、社会人文发展进程，彰显鲜明的社会生活图景。

　　匈牙利是欧洲一个内陆国家，也是"一带一路"联结中东欧的重要国家之一。它位于著名的喀尔巴阡山脉中心盆地，土地肥沃，物产丰富，土地面积约十万平方公里，人口约一千万，匈牙利族约占百分之九十六，另外还有少量的德国、塞尔维亚、吉卜赛等少数族裔。匈牙利与欧洲多个国家南北相连，东西贯通，地理位置十分重要，历史上曾经成为诸多大国势力涉足争夺的战略要冲。

　　匈牙利国家、民族有着悠久的历史文化优良传统。匈牙利人民勤劳、勇敢、智慧，具有包容、胸怀开阔等鲜明民族属性特征。据史料记载，匈牙利民族来自亚洲，其发源地是在亚洲乌拉尔以东地区，与其他氏族部落聚居，过着原始的游牧生活。大约从公元四五世纪开始，匈牙利先民开始离开在此地共同生活的其他部落，一路往西逐水草而行，经过俄罗斯大草原、顿河与第聂伯河流域地区、黑海沿岸，进入喀尔巴阡山脉盘地，在七个部落首领阿尔巴德率领下，于公元八九六年在此地定居，繁衍生息，安邦立国。因此，匈牙利被认为是在欧洲"无亲戚"的外来户国度。

　　从安邦立国至今，匈牙利已有上千年历史。为了让读者更好地了解匈牙利历史发展概况，将其历史上发生的重要事件及时间节点概述如下：定居初期，匈牙利人向当地斯拉夫人学习农耕技术，从事农耕生活，同时不改游牧习性，常常向西欧出击袭扰，直到遭到强大罗马帝国军队反击后，此类战事才被迫停止；一二四一年至一二四二年，蒙古鞑靼人大举入侵欧洲，匈牙利也难逃劫难，东部地区几乎被夷为平地，蒙古军队退出后才恢复重建；十五世纪，马加什国王最终平息贵族纷争局面，放弃多神教，改信基督教，接受罗马教廷册封为匈牙利国王，建立封建制度，在王宫开展人文主义思想文化活动，形成文化艺术高潮；一五一四年，劳动人民不堪忍受残酷盘剥压榨，在下层军官多饶·久尔吉领导下，发动一场波及全国的大规模农民战争，最终被镇压下去；十六、十七世纪，土耳其奥斯曼帝国崛起，其军事势力通过巴尔干半岛入侵欧洲腹地，匈牙利也遭受其害，一五二六年莫哈奇战役，匈牙利军队惨败，一五四一年，布达陷落。至此，匈牙利被分成三部分，土耳其人占领三分之一领土，统治达一个半世纪；土耳其人势力退出后，匈牙利又受到奥地利哈布斯堡王室控制，失去独立地位；一七〇三年，由拉科治·弗伦茨领导，掀起一场轰轰烈烈反对哈布斯堡王室，争取国家、民族独立、解放、自由的斗争，谱写历史新篇章；十九世纪三四十年代，随着以法国为代表的西欧资产阶级思想的传播与影响，匈牙利掀起一场民族民主复兴运动，涉及社会、政治、文化文学领域，最后点燃了一八四八年至一八四九年革命战争，可惜，这场争取独立、解放与自由的战争又失败了；一八六七年，奥匈帝国成立，匈牙利仍然受制于哈布斯堡王室；二十世纪初，工人运动蓬勃发展，一战结束，匈牙利于一九一九年三月间曾建立苏维埃政权，不过仅存在一百多天，随后又进入霍尔蒂将近四分之一世纪的白色恐怖统治；二战后又经过不同阶段的社会、政治变动，终于成为独立、民主国家，加入欧盟，成为名副其实的欧洲国家大家庭成员。

通过以上简要叙述，说明在漫长的历史长河中，经历了血与火洗礼的匈牙利民族，锻造了在艰难环境中坚持奋斗、不畏牺牲、坚韧不拔的坚强的民族性，在逆境中时刻不忘为争取国家、民族独立、解放与自由民主而斗争，充分体现出伟大的民族与时代精神，推动着社会、政治经济和文化文学事业不断向前发展。

古人曰：诗言志。诗歌不但是诗人抒发自我思想情感的艺术方式，同时也是吐露心声的载体。文学史上诸多著名诗人总是在诗作里表达爱国爱家情怀，将自己的命运同国家、民族前途紧密相联，在艺术上不断创新，写出震动人心的诗篇。综观匈牙利诗歌发展历程，也清楚地表明这一规律。

匈牙利诗歌的出现与发展，同其他民族一样，最早来自民间；在古代，人们在共同劳动、生活时，创作出诸如歌颂劳动、喜庆、哀悼等等形式的歌谣；不过，在正式文字出现之前，仅靠口口相传的此类作品大都失传了。与西欧国家相比较，匈牙利诗歌发展较晚，有文字记载的歌词，大约出现在公元十五世纪。匈牙利民族进入欧洲定居立国，接受了欧洲成熟的拉丁文化。在封建制度时期，在宫廷、贵族阶层中，普遍流行拉丁文化。宫廷、教会使用的文书、传教布道使用的也都是拉丁语言文字。最古老的匈牙利诗歌、歌谣就是从运用拉丁文记录的《记事录》等文书中发现的。其中一首赞美歌大约产生于公元一三〇〇年左右，被认为是匈牙利最古老的歌词，是用拉丁文书写的，表达圣母对基督之死的哀悼，富有真情实感，开头的四句是：世界之世界，/ 鲜花之鲜花，/ 你受尽折磨，/ 被钉在十字架上。

　　匈牙利诗歌发展最重要的特色是跟各个历史时期发生的重大事件、民族生存攸关的问题密切相关，反映人民为争取国家、民族独立解放、自由民主权利而斗争，传达出伟大的爱国主义思想。最早见诸文人创作的诗歌作者是十五世纪著名诗人亚诺什·潘诺尼姆什，他一生为捍卫祖国的正义事业奔走，诗作中表达出忠于祖国、反对土耳其人入侵的强烈爱国思想，他的诗歌是使用拉丁文写就。十六世纪人文主义时期，使用匈牙利民族语言文字进行创作的诗歌已经有所发展。这个时期代表性诗人是巴拉什·巴林特，他生活在莫哈奇战役之后，国家被分割成三部分，民族未来命运受到极大挑战的时期。他在诗歌创作中表现出忧国忧民的思绪、反对外来侵略的爱国主义思想。他创作的诗歌大致分为边塞诗、爱情诗及赞美上帝诗三大类型。十七世纪，诗歌领域继续沿着爱国主义路线向前发展，代表性诗人是里马依·亚诺什和兹里尼·米克洛什。兹里尼是一位卓越的政治家、军事家和优秀的诗人，毕生投身反对土耳其侵略的爱国主义事业。他创作的长篇历史史诗《塞格德堡之危》花费一个冬天写成，描写兹里尼家族抗拒和反对土耳其入侵的全部经过，是一部饱含爱国主义思想的优秀史诗，在文学史上占有重要地位。十八世纪，应该提到的还有边塞诗——库鲁茨诗歌，这类由无名作者创作、在边塞地区流行的、富含反对土耳其人的诗歌，同样反映出广大人民的爱国主义思想。例如有一首在边塞地区反对土耳其人的战士中广泛流传的诗歌就这样唱着：匈牙利呀，埃尔代伊，/ 你听听这个好消息吧！/ 你过去精神萎靡不振，/ 现在可是你觉醒的好时机，/ 把生锈的枪剑磨锋利，/ 迎着战鼓，举着枪剑，跨上战马！

　　十八世纪启蒙时期，重要的诗人还有以下几位：拉科治·弗伦茨、包恰尼·亚诺什、乔孔奈依·维德兹·米哈依（感伤主义诗歌代表）。法耶卡什·米哈依（是诗剧《牧鹅少年马季》作者），以及文坛活动家考茵茨·弗伦茨，考茵茨同时也是匈牙利资产阶级文学先驱。

通过对以上几个世纪匈牙利诗歌发展的简要梳理和阐述，可以看出诗人和他们创作的诗歌，最基本的特征是：在国家、民族遭受外来侵略、控制和统治的多事苦难之秋，诗人不仅在诗歌创作中表达出为国家、民族独立、解放而斗争的爱国主义思想，同时也是时代进步事业的积极参与者。

十九世纪上半叶，随着以法国为代表的西欧资产阶级思想的传播和影响，在匈牙利酝酿并出现一场影响深远的民族复兴运动，其中心目的是宏扬民族精神，颂扬先辈业绩，促使民族思想的觉醒；在文化文学领域，掀起向民间寻根，收集、整理和出版民间歌谣、故事的热潮，推动诗歌领域的进一步发展。这场由文化、文学领域发生发展的运动，逐渐推向政治、社会层面，最终演变成一场关系到国家、民族前途命运的民族民主革命运动，即一八四八年至一八四九年革命，这时期的诗歌也发展到一个高峰，涌现出著名诗人魏勒什马尔蒂·米哈依、裴多菲·山陀尔、阿兰尼·亚诺什等。他们的诗歌创作在思想方面，突出表现民族先辈的英雄事迹，奋发图强的民族精神，激励人民追随时代前进步伐，关注国家、民族前途命运，进而为争取国家、民族独立解放与民主自由而斗争。裴多菲表现尤为突出，在这场伟大斗争中，他不仅用笔创作流传后世的诗歌，并以战士身份参加战斗，付出宝贵生命，兑现为自由、民主革命献身的神圣诺言。

进入二十世纪，时代步伐加快，匈牙利文学（包括诗歌在内）向现代主义方向迈进。一战结束，工人运动等等一系列社会变革导致的思想碰撞与革命，在诗人的创造中都得到充分反映。新时期诗歌领域的代表人物是奥第·安德烈和尤若夫·阿蒂拉。奥第是匈牙利新时期文学运动的主将，他于一九〇五年出版的《新诗集》标志着匈牙利新文学（现代文学）的开始，它的主要思想是反映匈牙利二十世纪新的社会内容，在进行民主革命基础上，提出彻底反对封建主义，反对迷信、愚昧落后的思想任务，宣称"一个新的匈牙利必将出现"。奥第因而成为匈牙利现代主义诗歌的创始者，西方派诗歌的领路人。尤若夫是匈牙利著名的无产阶级革命诗人，出生在工人家庭，生活在二十世纪二三十年代，面对资本主义国家之间的激烈争夺，资产阶级与工人阶级之间矛盾斗争日趋白热化，工人运动日益开展之时，他在诗歌中对资本主义盘剥、压榨工人阶级的罪恶进行猛烈抨击，揭露帝国主义战争行为，高喊"打倒资本主义"，权力归于工人阶级。尤若夫因而成为代表工人阶级利益的革命诗人，他的诗歌在国内外都享有很高的地位。

观察匈牙利诗歌发展历史，就其思想性和艺术创新而言，在不同时期做出重大贡献的诗人当属裴多菲、奥第和尤若夫。裴多菲是一位为国家、民族独立解放与自由民主斗争的伟大诗人，他的诗歌记录了一八四八年至一八四九年民族民主革命的全面图景。裴多菲是匈牙利积极浪漫主义诗歌的主要代表。在学习古典诗歌，吸收民间歌谣精华的基础上，形成了自己清朗、豪放的诗风，在思想内容和艺术形式上独树一帜，受到后人崇敬，成为后来诗人学习、传承的重要诗歌流派。奥第作为匈牙利新文学创导人，高举反对封建主义大旗，在诗歌创作中深刻、彻底揭露社会上的愚昧、落后现象，大声疾呼进行民主革命；在艺术上主张创新，带头引进以法国为代表的现代主义艺术形式，大胆运用象征主义、印象主义等表现手段，形成诗歌创作崭新局面，无愧是匈牙利现代文学史上现代主义"西方派"（是匈牙利诗歌创作领域具有影响力的重要流派）的主将。尤若夫是一位真正代表工人阶级利益的诗人，其诗歌为工人阶级发声，以锐利的笔触抨击资本主义，在思想内容上产生巨大影响力；在艺术表现方面，大胆、充分运用象征主义手法，并且在词汇方面同奥第一样自成体系，为诗歌创作领域注入新的活力，造就新的诗歌流派，也成为这一流派的代表。

在匈牙利诗歌发展的过程中，裴多菲、奥第和尤若夫三位诗人起着带头引领的作用，代表不同历史时期诗歌创作的高峰。他们在各自生活的时代，都创作出具有高度思想性和艺术性的诗歌作品，体现出高度的民族性与时代性，成为匈牙利诗歌的经典。

裴多菲、奥第和尤若夫三大诗人，作为各领风骚的不同风格流派奠基人，他们的诗歌创作始终是匈牙利诗歌领域的主流，影响深远，至今仍然引领着一代又一代诗人诗歌创作的方向。

冯植生

二〇一七年三月初稿

二〇一七年六月十一日三稿

考茵茨·弗伦茨
（一七五九年至一八三一年）

　　十八世纪匈牙利启蒙时期资产阶级文学先驱，又是启蒙时期文学生活的组织者，担当在文学领域为资产阶级化而斗争的任务。他出身贵族家庭，受到良好教育。他译介卢梭、伏尔泰等作品，促进匈牙利语言文字的革新与发展。主要代表作有：《我的一生的回忆》（一八二八年）和《狱中日记》（出版于一九三一年，诗人逝世一百周年之际），以散文形式记录他毕生为匈牙利资产阶级文学化而斗争的艰辛经历。

献　诗

我生命的小溪往前流淌，
小溪两岸鲜花盛开，
朋友们和我一起行乐，
红艳艳的鲜花让人们心情舒畅。
朵朵花儿的倒影，
在清凉的溪流中荡漾，
我心中酝酿着歌儿，
要向高空展翅飞翔。

花儿，花儿……我要摘朵鲜花，
细心编织，美丽的花环，
用心浇水，精心呵护，
让花儿绽放得更鲜艳。
以信赖的目光，
我注视着忠诚的小溪，
写下诗篇，我相信：
溪水会将诗篇献给你。
戴着诗歌的花环啊，往前飘荡吧！
追随时间的长河，朝前漂流！
你美丽的身影，脸上洋溢着微笑，
来到岸边欢迎我这一叶小舟。
琴儿啊，拨动琴弦，
歌声多么动听、柔和，
它是为我爱人燃烧的火焰，
是内心痛苦悲怆的呻吟。

诗 人

野兽不会区分善与恶，
人类却能将善恶分清楚。

诗人歌颂的是善，诅咒的是恶，
态度分明：情感热烈、奔放；
诗人有别于平凡的人，
在痛苦中会感受到苦闷与沮丧。

既然平凡人比动物聪明，
那么作为一名歌手——诗人
当然要比平凡人聪慧。

魏勒什马尔蒂·米哈依
（一八〇〇年至一八五五年）

　　十九世纪匈牙利著名积极浪漫主义诗人。他出生于中等贵族家庭，受过良好教育，深受启蒙运动先进思想影响。二十五岁以发表长篇英雄史诗《佐兰的逃跑》而成为全国知名的爱国诗人。

　　十九世纪二三十年代，在匈牙利出现了一个由具有自由主义思想的知识分子领导和掀起的争取社会进步与政治改革的民族民主复兴运动，中心思想是发展民族文化、争取民族解放与独立，而他就是这一运动的先驱与浪漫主义文学流派的奠基者。裴多菲等青年诗人也曾经得到他的帮助。

　　他的主要作品有：诗剧《钟古与段黛》（一八三一年）、史诗《废墟》（一八三〇年）、《两座邻堡》（一八三一年）、《血的婚礼》（一八三三年）等。《号召》《战歌》等短诗更是反映匈牙利一八四八年革命运动的佳作。

熔铁炉

从丰富的铁砂里，铸炼出剑、犁头和锁链，
抚爱、护理、惩罚：三者捍卫着祖国。
剑和锁链在侵略者和
　　暴君手里将给人民带来痛苦，
只有农民的犁头才是无害而有用的工具。

有什么不幸？

到底是什么原因，
需要我为你担心？
我的可爱的民族，
你到底需要什么？

在你富饶美丽的土地上，
出产美酒、麦子和黄金；
但是，贫困依然
降临到你的头顶。

黄金飞跑了，
就从你的头上；
可怕的饥馑豺狼的眼睛，
紧紧地盯住你不放。

从前被你憎恨的人，
现在你又对他表示亲热，
就是一颗马铃薯，
也使你感到惊慌失措。

你从来都没有金钱，
这该多么使人奇怪！
其实，就连你的水，
也会给你运来黄金。

你难道不好好想一想，

把钱花费到什么地方？
就像别的民族那样，
你总是靠借债过活。

你的自由是光荣的，
但它却没有核心；
在黑暗的阴影里，
不会创造出幸福。

你的法律多得很哪，
但是，谁会遵守呢？
这许许多多法律，
对你是一种桎梏。

虽然你有美丽的多瑙[1]，
但你依然要赊账度日；
最后还是被一位好友，
把绳子套在你脖子上。

你广阔的边界，
到处都是疮疤；
面对这一切，
你却耸耸肩。

你寻找什么？你是不是生病了？
你需要什么呢？
你要去休养吗？
仁慈的上帝送你什么东西？

---

1 多瑙：指流经匈牙利的欧洲著名的多瑙河。

你是一位坏管家，
我可怜的好民族，
我可是不喜欢
你的经营方式。

你所希求的根本没有，
自然也不可能得到它，
而在你手头上的东西，
却像雪那样很快溶化。

哪里有神圣的激情，
哪里就有忠诚的勤劳；
它会提高和保卫
你的国家？

在权力范围，
给别人应有的地位，
在发抖的手上，
却容忍不了这种权力？

这一切都没有关系；
假如你还有良心，
假如你的良心不会
因为欺骗而出卖。

假如你的良心
在好或坏的日子里都保持警惕，
它就会照亮和激励
你的工作。

假如你把一切全部抛弃，
那就祝你晚安吧！
因为再不会有那样的上帝，
甘愿将光辉照耀你的身体。

一八四七年

战　歌

因为自由

在鲜血里沐浴着自己的旗帜；

因为凶恶的瘟疫

亵渎地高喊神圣的名字。

啊！光荣的祖国，

我不愿意看到

你那苍白的面孔；

由于你脸上暗淡无光，

我们付出高昂的代价。

奔赴战场吧，匈牙利人！

赶快拿起你们手中的武器。

我们祖国的面貌必然焕然一新。

在这高贵的土地上，

到处铺盖着

反叛者血染的骸骨。

强盗、抢劫者

同奸诈的政权联合在一起，

在人们的心里撒放着毒药，

播散令人憎恶的仿造事实。

人民，

她将同你一起

获得自由。

现在开始了对你的灭绝人性的战争，

呵！我的民族。

奔赴战场吧，匈牙利人！

赶快拿起你们手中的武器。

我们祖国的面貌必须焕然一新。

在这高贵的土地上，

到处铺盖着

反叛者血染的骸骨。

这里有我们祖先的茔墓；

这里的一草一木，

全都属于我们的；

在一千年的斗争过程中，

我们洒下数不尽的鲜血。

匈牙利人的心灵，

就像哨兵那样屹立在祖国上空；

匈牙利人的心灵、手臂，

保卫着大地上的所有的一切。

奔赴战场吧，匈牙利人！

赶快拿起你们手中的武器。

我们祖国的面貌必须焕然一新。

在这高贵的土地上，

到处铺盖着

反叛者血染的骸骨。

上帝，

世界的裁判者！

假如我们在什么地方犯下过错，

我们甘愿受罚，并且诚心交出

人民享有的祖先传下的权利。

在我们的旗帜上，

闪耀着自由和独立的光辉！

谁要是胆敢拿起武器反对它，

灾难和死亡就落在他的头上。

奔赴战场吧，匈牙利人！

赶快拿起你们手中的武器。

我们祖国的面貌必须焕然一新。

在这高贵的土地上，

到处铺盖着

反叛者血染的骸骨。

草原酒家

这是著名的酒家，
鹤鸟常来光临，这儿是它的酒家。
倘若我是鹤鸟，
像这样的房子我却不会逗留。

墙垣东歪西倒，
霹雳常来光顾，
旋风在它上面哼哼歌唱，
巫妇在墙角跳舞。

唏，里面的！唏，外面的！
有谁在家，哪怕是病人也行。
哪一个妙龄姑娘，给我端出
足够的葡萄酒和雪白的面包。

松软的面包是我的食粮，
渴了，我就痛饮葡萄酒；
要是我的爱情之火燃烧起来了，
我就一定拥抱这位美丽的姑娘。

唏！可是无人回答我，
只有一只鹤鸟在这儿打尖；
但它也准备着上路，
不能总是待在屋顶。

灰色的马儿，我们离开这儿吧，

离这儿不远处就是蒂萨河[1]；

在蒂萨河畔，我让你喝个够，

直到多瑙，我们就不再停留。

让上帝祝福你！草原酒家，

杂草丛生的农舍，蝙蝠之家；

秋天的暴雨将要把你带走，

因为你这里连一滴葡萄酒都没有。

---

1 蒂萨河：流经匈牙利的第二条大河。

号 召

做你祖国的忠实信徒吧！
呵！匈牙利人；
这里是你的摇篮，也将是你的坟墓，
它把你抚养，也会将你埋葬。

在这广阔的世界上，除此以外，
再没有你立足的地方；
无论你获得幸福，或者遭遇不幸的命运；
你必须在这里活着，也必须在这里死亡。

在这块土地上，多少次
流淌过你父兄们的鲜血；
在这块土地上，每一位神圣的名字，
一千年来都跟它相联结。

在这里，英雄阿尔巴德[1]的军队，
为祖国而奋战；
在这里，胡诺亚迪[2]的手臂，
砍碎了奴隶的枷锁。

自由！必须把你那面，
鲜血般的旗帜带到这里。
在长期的斗争中，

1　阿尔巴德：八九六年率领匈牙利民族定居多瑙盆地时七个部落的首领。
2　胡诺亚迪：胡诺亚迪·亚诺什（约一四〇七年至一四五六年），又译匈雅
　　提·亚诺什，匈牙利十五世纪抗击土耳其人侵略的民族英雄。

我们民族最优秀的儿女倒下了。

遭受了多次的不幸，
经受了多次的灾难，
尽管它衰弱了，可是并没有倒下；
这个民族仍然屹立在祖国土地上。

伟大的世界！你是各族人民的祖国，
人们勇敢地向你呼喊：
"一千年来的深重灾难，
要求你苏醒或者永远死去！"

这是不行的：多少心灵
白白地流尽了鲜血；
在悲苦中多少虔诚的胸膛
为了祖国而遭到撕裂。

这是不行的：思想、力量，
还有那无数神圣的意愿，
都在一次严重的瘟疫中
白白地凋谢了。

必定要到来的；一定会出现
一个美好的时代，那时候
千百万人的嘴唇，
将要说出激动人心的祷告。

来吧！如果必须出现，
那无上光荣的死亡；
在那坟场的上空，

一个国家在血泊中昂然屹立。

那座埋葬民族的坟墓，
被各族人民层层包围；
千百万人的眼眶里，
滚动着悲壮的热泪。

做你祖国的忠实信徒吧！
呵！匈牙利人；
它抚育你，倘若你牺牲了，
它必将用光荣来把你埋葬。

在这广阔的世界上，除此以外，
再没有你立足的地方；
无论你获得幸福，或者遭遇不幸的命运；
你必须在这里活着，也必须在这里死亡。

吉卜赛老琴师

老琴师，演奏吧！你已经喝足酒，
无须垂头丧气，
无须为了面包和水发愁，
还是往冰冷的杯子斟满美酒。
这个世界的生活向来注定是
      这副模样，
要么冷得发抖，要么燃烧得
      直冒火光；
演奏吧！琴声也许就会沉寂，
你的琴弦也许就要折断，
杯中斟满美酒，把烦闷藏在心中，
演奏吧！老琴师，不要让痛苦折磨你！

让你沸腾的鲜血涌动，
让你的思想在大脑里发声，
让你的眼睛如彗星般燃烧，
让你的琴发出阵阵声音，
如同雷鸣般猛烈，
将人们无用的东西全部消灭。
演奏吧！琴声也许就会沉寂，
你的琴弦也许就要折断
杯中斟满美酒，把烦闷藏在心中，
演奏吧！老琴师，不要让痛苦折磨你！

你听，那暴风雨般的歌声：
歌声在呻吟，叹息，怒吼，

将树木船只折断、毁灭，

将人和兽杀死，消灭，

瞧，全世界正在进行战争，

圣地上的上帝坟茔也在颤动。

演奏吧！琴声也许就会沉寂，

你的琴弦也许就要折断，

杯中斟满美酒，把烦闷藏在心中，

演奏吧！老琴师，不要让痛苦折磨你！

是何种沉重、窒息般的呻吟，

在狂怒中发出飞快的咆哮？

是谁在天空挥动拳头，

如同地狱风磨般发出悲鸣？

是天翻地覆、伤心、疯狂？

是车子被毁，难以理会的幻想？

演奏吧！琴声也许就会沉寂，

你的琴弦也许就要折断，

杯中斟满美酒，把烦闷藏在心中，

演奏吧！老琴师，不要让痛苦折磨你！

在荒凉的原野上，我们仿佛又听到：

暴乱者在诉说着悲愁，

被暗杀者的兄弟手中的哭丧棒

　　突然掉落，

孤儿们泣不成声的话语，

在高空飞翔的兀鹰不祥的鸣叫，

普罗米修斯永远痛苦的折磨。

演奏吧！歌声也许就会沉寂，

你的琴弦也许就要折断，

杯中斟满美酒，把烦闷藏在心中，

演奏吧！老琴师，不要让痛苦折磨你！

大地遭受不幸，地球成了盲人，
在水中苦苦挣扎；
愿它在风雷中，
排除掉肮脏、罪恶和狂妄。
愿诺亚方舟乘风破浪，
驶往崭新的世界。
演奏吧！歌声也许就会沉寂，
你的琴弦也许就要折断，
杯中斟满美酒，把烦闷藏在心中，
演奏吧！老琴师，不要让痛苦折磨你！

演奏吧！可是不，老琴师，还是
　　休息一会儿吧！
这个世界将有一次盛大节日：
当那无耻的愤怒者疲惫了，
沙场上争权者的血将流尽，
那时，将会响起热烈的和声，
欢呼声中充满着上帝的欢悦。
那时，你再次舒起你的弓弦，
你冷峻的脑门也开朗了，
让欢乐的美酒充盈你的心中，
演奏吧！老琴师，不再呕尽心血
　　去思索！

裴多菲·山陀尔
（一八二三年至一八四九年）

　　十九世纪匈牙利著名的伟大爱国革命诗人，享有世界声誉。他出身平民家庭，天资聪慧，青少年时期外出求学，成绩优秀，十五岁就开始诗歌写作。他深受法国资产阶级革命激进思想影响，是匈牙利一八四八年至一八四九年革命的积极参与者，用笔与剑进行战斗，是一位为民族解放而斗争的革命民主主义英勇斗士。

　　裴多菲的诗歌创作总体上可以划分为三大类型，即爱情诗、政治抒情诗和长篇叙事诗。他的诗歌描写细腻、抒情、真挚，具有质朴、清新、明快与豪放的特色，富有艺术感染力，开创诗坛一代新风，对后代产生深远影响，因而被誉为匈牙利诗歌史上三大伟大诗人之首。

两个流浪者

在祖国的土地上有位青年，
他同祖国土地上的溪流，
在高山峡谷中间，
一起在流浪着。

但当那位青年
迈出沮丧的脚步时，
溪流已经飞快地
从岩石上流过。

当那位青年
默默无语时，
溪流却唱出
欢乐的歌声。

山峦留在了身后，
青年与溪流
在宽阔的平原上，
继续在流浪。

可是，青年与溪流啊！
在平原上，
又有什么东西能同你们
迅速地进行交换？

溪流的泡沫在沉默不语，

慢慢地消失了；
当那位青年的歌声，
飞快地滑过它们中间时。

当那沉默的溪流，
在他祖国土地上消失时；
那位青年响亮的歌声，
再次找到了他的祖国。

一八四二年夏天
巴波

预　言

"妈妈，你说天上的神仙，
在夜间用他的手描画我们的梦；
梦是一扇窗户，透过它，
我们心灵的眼睛看到未来。

"妈妈，我也做了一个梦，
你能不能给我揭开它的谜底？
我在梦中长出了翅膀，飞向
高空，穿越无限的空间。"

"我的孩子，我心灵宝贵的太阳，
也是我的太阳的光辉！值得欣慰的是：
上帝将要延长你的生命，
这就是你的幸福的梦的秘密。"

这个孩子一天天长大了，
青春在他火热的胸中燃起火焰。
歌声是心中的慈悲的慰藉，
当波浪般的血液沸腾的时候。

这位青年的手舒起七弦琴，
他的七弦琴弹奏出他的胸臆。
这火热的感情如同鸟儿一般，
张开翅膀飞向四面八方。

这迷人的歌声飞向天空，

把著名的星星带到人间，
用它的光辉，为诗人的
额头编织一顶桂冠。

但是，歌儿的甜蜜却是毒药；
诗人在七弦琴上弹奏出来的歌，
是他心中所有的花朵，
来自他生命的一个个宝贵的时日。

情感的火焰变成了地狱，
而诗人成了这火焰里的牺牲品；
在大地上，只有生命之树的
一根小小的枝条支撑着他。

他就躺在死亡的病榻上，
这孩子遭受太多的磨难，
听到他母亲悲愁的嘴唇，
发出痛苦的低低的声音：

"死神呵，别从我手臂里将他夺走，
过早地夺走我孩子的生命，
上苍答应过延长他的生命，
或者说，我们的梦也是谎言？"

"妈妈，我的梦并非撒谎；
尽管用遮尸布将我盖上，
你的诗人儿子光荣的姓名，
妈妈，它也一定长久地永存。"

一八四三年三月五日之前
克奇克梅蒂

远方寄语

多瑙河畔有一间小屋，
呵，对我来说十分珍贵，
每逢我回想起它，
我双眼就泪水涟涟。

尽管我可以一直留在那里，
但是，愿望引导我往前走，
我希望的坚强翅膀拍击着，
催促我离开老家和母亲。

在我的告别亲吻声中，
父母亲胸膛升起痛苦火焰；
我眼睛冰凉的泪珠，
也熄灭不了痛苦的火焰。

母亲用颤抖的手臂拥抱着我，
哀哀恳求我留在家乡。
唉，倘若我当时了解这个世界，
我就不会流落在远方。

在我们美丽希望的晨星旁，
屹立着一座未来的仙人花园；
只是，当我们步入迷途，
我们才发现悲哀的错误。

我也曾受到我闪跃的希望

的鼓舞，这该对谁诉说？
自从我步入这个世界，
我流浪的双腿就在荆棘丛中奔波。

……现在，有熟人回我美丽的家乡，
我托他们捎什么口信给我善良的母亲？
请你告诉她，我的乡亲，
倘若你们从我家门口经过。

你们就说，请她不要流泪，
因为她的儿子赢得好运——
啊，倘若她知道我生活多么困苦，
我可怜的母亲必定会心碎！

一八四三年五月
波约姆

谷子成熟了……

天气炎热，
谷子成熟，
明天清晨，
我去收割。

我的爱情也成熟了，
因为我的心在沸腾，
但愿你是位收割者，
我唯一亲爱的人呵！

一八四三年七月至八月

佩斯

爱情呀，爱情……

爱情呀，爱情！
爱情是个黑黝黝的陷阱，
我陷进去了，待在里面，
什么也看不见，什么也听不到。

我看守我父亲的羊群，
但听不到头羊的铃铛，
它走呀走，走进绿油油的麦地，
唏，等到我发现时已经太迟。

我亲爱的母亲把足够的
食粮装进我的背包里，
幸好我已经把它丢失，
才有借口进行绝食。

亲爱的父亲，亲爱的母亲，
现在，什么事也别交给我做，
你们瞧，倘若我做错了，
我自己也不知道我在做什么！

一八四三年十一月四日至二十四日

塞克伊希特

爱国者之歌

我属于你，全属于你，我的祖国！
我的这颗心，我的这个灵魂；
倘若我不爱你，
我能爱哪一个人？

我的胸膛深处是座教堂，
你是教堂里的圣坛；
为了保持你的形象，必要时
我愿意毁掉这座教堂。

被毁坏了的胸膛，它
最后的祷词是：
"我的上帝，祝福它，
我的祖国！"——

但是，我不告诉任何人，
也不高声呼喊；
"我最亲爱的依然是你，
在这个广大的世界上。"

我秘密地追随你的脚步，
永远地信奉你；
不像影子那样，
只在好天气时才跟随太阳。

但是，在夜幕快降临时，

影子也逐渐伸长了；
我的祖国，倘若黑夜开始出现在
你的上空，我的悲伤也在增长。

我要走到你的信徒那里，
他们正在奉杯，恳求
命运在你神圣的
生命上增添新的光辉。

我把这满满的一杯酒喝光，
不剩一滴，
虽然是痛苦的……因为
我的眼泪已经渗入到酒里。

一八四四年一月至二月

德布雷森

贵　族

把那个恶棍捆在鞭刑柱上，
用棍棒惩罚他的罪行；
他偷，他抢，魔鬼知道，
他还有什么没干。

但他却呼喊着反抗：
"你们都不要碰我，
我是贵族……你们没有
权力抽打一位贵族。"

他受辱的祖先的灵魂啊，
你听他说的这是什么话？
现在，不是把他捆在鞭刑柱上，
而是需要把他吊上绞刑架。

一八四四年一月至二月
德布雷森

徒然的计划

在我回家的整个路上，
我一直在默默地思量；
面对我很久没见到的母亲，
我将要对她说些什么？

那时，我说的首先
是否对她是那样亲切、美好？
我母亲向我张开了
摇荡我摇篮的手臂。

我脑子里出现数不尽的，
一个比一个更美好的思想。
看样子时间过得很缓慢，
尽管车子一直在飞跑。

我敲门进了矮小的家，
我母亲飞似的朝我跑过来，
我吻着她……无言地……
如同果实悬挂在枝头上。

一八四四年四月
多瑙维切

我是不是在做梦?

我是不是在做梦?
或者是真的看见?
我看到的那位,
是仙女还是姑娘?

不管她是姑娘,
也不论她是仙女,
我一概不感到遗憾,
只要她爱的是我。

一八四四年四月至五月

多瑙维切

我的爱情是咆哮的大海

我的爱情是咆哮的大海，
但是，现在它的波涛不再
在巨大的翻腾中搏击着大地和天空；
大海入睡了，如同
躺在摇篮里的孩子，
在长时间哭闹后，安静地入睡了。

在平静如镜的水面上，
我划着桨，我的心灵
就在轻轻摇晃着的幻想的船上，
从此岸驶向未来，
柔和的歌声振翼向我飞来……
你歌唱着，希望，你可爱的夜莺！

一八四四年十一月
佩斯

反对国王

我们知道，孩子需要玩具；
当人民在幼年时代，
为了让玩具辉煌灿烂，
他们就做了宝座和王冠，
把王冠戴在木偶的头上，
让木偶坐在宝座上。

这就成了国王，成了国王们，
他们坐在那里，头脑发昏，
他们迷迷糊糊地在心里想；
他们出于上帝的仁慈进行统治。
你们搞错了，好国王们，
你们不是老爷，而是我们的木偶。

世界成了伟大的时代，男子汉
不再想要孩童时期的玩具，
你们就从鲜红的宝座下来吧，国王们，
也要把王冠从你们头上摘下。
倘若你们不愿意，那我们
就不客气，连同你们的脑袋一起砍掉。

就这样，没有别的选择，
在巴黎广场，斧头把路易脑袋砍下，
这是暴风雨的第一道闪电，
不久，它就将向你们袭去，
是的，眼看它就要到来，

我已经不是第一次雷鸣!

那时候，全世界将成为一座巨大
　　的森林，
国王们就是森林里的野兽，
我们拿着武器追逐他们，
带着无限的欢欣把他们烧烤，
我们要用他们的血写在天幕上；
世界已不是小孩，人民已经成长。

一八四四年十二月

佩斯

阿尔弗勒德[1]

在我看来，冷峻的喀尔巴阡山脉，
你是松涛翻滚的奇妙的景致！
也许我感到惊奇，然而我并不喜爱你，
我的想象也不在你的山谷中徘徊。

山脚下是海一般宽阔的阿尔弗勒德平原，
那里有我的祖国，有我的世界；
我的灵魂是离开牢笼的自由的山鹰，
倘若我看到这一望无际的平原。

这时候，我的思绪超越大地，
在云层中间翱翔，
从多瑙河到蒂萨河伸展开来的，
美丽的景致微笑着看看我。

在海市蜃楼船的天幕下，响起
小孔萨克[2]成百肥胖的牲口的铃铛响声；
午间休息，在长长的吊杆井边，
宽宽的水槽是向两边分开的城堡。

马群嘶喊着奔跑，
在大风中响起马蹄嘚嘚的喧嚣；
夹杂着马童的高声吆喝，

1　阿尔弗勒德：匈牙利著名大平原，诗人就出生在大平原小镇奇什克勒什。
2　小孔萨克：地名，位于阿尔弗勒德平原。

还有挥动皮鞭的噼啪声。

农舍旁，在微风温情的怀抱里，
颗粒丰满的麦穗在不住地摇晃，
它愉快地用青绿的颜色，
给周围地区戴上了花环。

从邻近的芦苇丛中，
在夜雾里走来了一群野鸭，
受到惊吓，向天空飞去，
芦苇被风吹动得摇摆不定。

远离农舍的草原深处，
站立着一座孤零零的倒塌的酒店，
作为拜访者的饥渴的强盗们，
途经此处去克奇克梅蒂[1]赶集。

在酒店附近是一片黄色的沙丘，
那里生长着一片矮小的白杨树；
吱吱喳喳的麻雀在树上筑巢，
一点也不害怕孩子们的骚扰。

那里长满了枯萎的茅草，
蓝蓝的鲜花到处开放，
在中午的烈日下，
杂色的蜥蜴躺在草丛下乘凉。

远处，那是天与地相连接的地方，

1　克奇克梅蒂：阿尔弗勒德平原上的重要城市。

在朦胧中显示出蔚蓝的果树之顶。

瞧，如同暗淡的雾柱站立在那里，

它们是城市一座座教堂的钟楼。

阿尔弗勒德，你是多么美丽，至少

　　对我是美丽的！

我在这里出生，摇篮把我荡漾，

在这里，尸布将盖上我的脸孔，

在这里，坟墓将在我的尸体上建起。

一八四四年七月

佩斯

致艾德特尔卡 [1]

我的天使，你曾否看见
多瑙河与河中央的那个小岛？
我就把你的音容笑貌，
想象着纳入我的心田。

从岛上飘落的绿叶，
自我投入了河水漩涡；
如此这般，你希望的绿荫，
也紧紧地镶入了我的心窝。

一八四四年十二月

佩斯

1　艾德特尔卡：诗人初恋的姑娘。

白雪，是大地冬天的面纱

白雪，是大地冬天的面纱，
整整一夜，
你飘洒
在大地上，
太阳
冷峻的光辉，
严肃地注视着，
死者荒芜的国度。

不允许白雪铺满巨大坟场，
只允许遮住
艾德特尔卡坟头
的周围；
但就在这里，
也不是阳光，
而是我眼睛不住流淌的泪水
把白雪消融。

一八四五年一月至二月
佩斯

一百个形象

我的爱情体现出一百个形象，
我把你幻想成这一百个形象；
倘若你是岛屿，我就如同汹涌的河水，
热情奔放地从你的周围奔流。

别的时候，我亲爱的人，
倘若你是座神圣教堂，我想，
我的爱情将像常春藤那样，
沿着神圣教堂的墙壁往上攀登。

偶尔，你倘若是富有的旅行者，
我的爱情将尾随着你奔跑，
如同遇上了虔诚的抢劫者，
我卑贱地向你屈膝跪下。

随后，你倘若是喀尔巴阡山，我
　　就是山上的乌云，
用雷鸣来围攻你的心。
随后，你倘若是玫瑰花丛，
我就是夜莺，围绕着你歌唱。

瞧，我的爱情有如此多的变化，
它从来不停地在变幻着，永远是
　　活泼的，

倘若它有时变得温顺，但不软弱，

经常是像河流那样安静，但是深沉。

一八四五年八月二十日至九月八日之间

沙尔克申特马勒东

矮小的房子

我的住所是间低矮、小小的房子，
你的住所是座高耸、巨大的宫殿；
哎哟，我的姑娘哟，
我不可能登上那高高的台阶……

可是，我们为什么不能相聚在一起？
为什么我不能在黎明时把你迎到我身边？
山巅的溪流回归深谷，
天空的太阳光辉洒满大地。

如同太阳奔向大地，
溪水从山巅流向深谷，
我心爱的美丽的小鸽子，
从宫殿出来，下到我身旁将我占有。

我相信，在我身边，
你将比住在宫殿更加幸福，
高空的空气是冰凉、阴冷的，
在山谷里才有最美丽的春天。

姑娘，倘若你下来，等待你的
将是美丽的春天，爱情甜蜜的春天；
如同五月的鲜花，
这春天的花朵永不消失。

秋天来到田野，

看到的是花草凋零。
在我神秘、隐蔽的心的爱情花园里，
凋零的秋天将不会来临。

姑娘，你需要不需要这座花园？
你愿不愿意下到我这栖身之所？
房子虽小，咳，也能容纳下我们俩，
如同居住在窝里的一双鸟儿。

下来吧，姑娘，我并不关心，
倘若你把一切珠宝完全留在宫殿。
为什么你佩戴那些珠宝呢？
它们只是会使你的心变得暗淡不清。

一八四五年八月二十日至九月八日之间
沙尔克申特马勒东

我愿意是树，倘若……

我愿意是树，你倘若是树上的花朵，
你倘若是晨露，我愿意是花朵，
我愿意是晨露，你倘若是阳光……
如此这般，我们就能彼此在一起。

姑娘，你倘若是天际，
那我就愿意变成星星，
姑娘，你倘若是地狱，
（为让我们能在一起）我愿意坠入地狱。

一八四五年八月二十日至九月八日之间
沙尔克申特马勒东

诗人的心房是座花园

诗人的心房是座花园，
那里的鲜花是替别人栽种，
在分送完这些鲜花之后，
给诗人留下的就是荆棘。

诗人的灵魂是只蝴蝶，
可怜的蝴蝶！遭到了不幸：
它在荒芜的园子里漂泊，
直至被荆棘撕得粉身碎骨。

荒芜的园子和被撕碎的蝴蝶，
没有任何人会想起它们，
只有可怜的诗人在那烈士的花圈上，
才寄托着欢欣的沉思。

一八四五年九月十日至二十四日之间

佩斯

匈牙利贵族

沾着我们祖先血迹的宝剑，
悬挂在墙头上，锈迹斑斑；
锈迹斑斑，不再发亮。
我是一位匈牙利贵族！

我一生无需劳作，
我丰衣足食，乐得偷闲，
劳作只是农民的事情。
我是一位匈牙利贵族！

农民呀，你得把路修好，
因为是你的马替我拉车。
我再也不能骑着马上路。
我是一位匈牙利贵族！

我干吗要学习科学？
学者们全都是穷光蛋。
我既不写作，也不念书。
我是一位匈牙利贵族！

的确，我精通一门科学，
在那上面无人比得上我：
那就是最懂得吃和喝。
我是一位匈牙利贵族！

我无需交粮纳税，这真不错，

我有财产，但是不多，

而我的债务，却是很多。

我是一位匈牙利贵族！

我干吗要关心祖国？

过问我祖国成百的灾祸？

一切灾难都将消失。

我是一位匈牙利贵族！

倘若我吸烟，那是祖传的权利，

被埋葬在古老的房屋里；

天使会将我领进天堂。

我是一位匈牙利贵族！

一八四五年九月六日至十月七日之间

波约德

记　忆

噢，记忆！
你是我们破碎了的船的一块碎片，
波涛汹涌，狂风劲吹，
把你送到海岸上去……

一八四六年三月十日之前
沙尔克申特马勒东

真理，你睡着啦？

啊，真理，你睡着啦？
这个男人曾经是那么高贵，
脖颈上悬挂着金链子，
瞧，现在在那里套上的……是
　　刽子手的绞索。
脖颈上戴着金链子的人，
其实，套着绞索最合适。
啊，真理，你睡着啦？或者
　　还没死去？

一八四六年三月十日之前

沙尔克申特马勒东

我的歌

我常常沉湎在思考之中，
我不知道，我的思考是什么，
我飞越我宽阔的祖国大地，
穿越大地，穿越整个世界。
月光是我幻想的心灵，
那时，我就会唱出我的歌。

不要生活在幻梦的世界，
更需要的是生活在未来之中，
我在思考……噢，我思考什么？
仁慈的上帝将会关怀我。
蝴蝶是我轻松的心灵，
那时，我就会唱出我的歌。

倘若我同美丽的姑娘相会，
我就把我的思想深深埋进坟墓里，
我深情地瞧着姑娘美丽的眼睛，
仿佛星星掉落在静静的湖心里。
迷恋的爱情是我的心灵，
那时，我就会唱出我的歌。

姑娘爱我？我就愉快地喝酒，
姑娘不爱我？我也要悲苦地喝着，
那里有酒杯，杯里斟满着美酒，
产生出五光十色的美好念头。
彩虹般的迷醉是我的心灵，

那时，我就会唱出我的歌。

噢，当我手中端着酒杯的时候，
各民族手上套的却是锁链，
正当杯子发出叮当响声的时候，
奴隶身上，锁链却在抱怨。
乌云是我悲伤的心灵，
那时，我就会唱出我的歌。

但是，奴隶们为什么还要容忍？
为什么还不起来，粉碎锁链？
难道还要等待上帝的慈悲，
把手上生锈的锁链除掉？
雷电般的轰鸣是我的心灵，
那时，我就会唱出我的歌。

一八四六年四月二十四日至三十日

佩斯

我用爱情的玫瑰……

我用爱情的玫瑰，
铺满了床榻！
床榻啊，我就将
我的心灵展示在你面前，
来自爱情玫瑰的芬芳，
轻轻地跟它亲吻；
或者是用尖锐的荆棘，
深深地把它扎死？

无论是芬芳或者荆棘，
对我来说，反正都一样！
我的心灵，在玫瑰丛中睡吧！
做个美丽的梦；
在梦中寻觅合适的话语，
让它能够
尽情表达
我胸中火一般的感情！

一八四六年九月末

纳吉巴纳

你喜爱春天……

你喜爱的是春天，
我喜爱的是秋季。
春天是你的生命，
秋季是我的生命。

你那红扑扑的脸庞，
是春天盛开的玫瑰。
我那倦怠的眼神，
是秋季疲惫的阳光。

倘若我必须往前
再跨出一步；
那么，我就要
迈进冬日寒冷的门槛。

可是，你往前走一步，
我往后退一步；
那么，我们就共同
进入美好、热烈的夏天。

一八四六年九月一日至七日

切克

我梦想着流血的日子……

我梦想着流血的日子，
那时将把旧世界摧毁，
然后在旧世界的废墟上，
建立起一个崭新的世界。

吹响起来吧，吹响起来吧，
嘹亮的战斗的号角！
我喧嚣的灵魂，
正等待着战斗的信号。

我将满怀兴奋的心情，
跨上我的战马的鞍座，
迅速地奔驰在
勇士们的队列中间。

倘若我的胸膛被砍伤，
将会有人替我包扎，
也将会有人用吻的唇膏，
治愈我的创伤。

倘若我成了俘虏，
将会有人来到阴暗的牢房，
用她明亮的启明星般的眼睛，
为我驱散牢房里的黑暗。

倘若我死了，我死了，

无论是在刑场，或者是在战场，

将会有人用她的眼泪，

把我尸体上的血迹洗掉！

一八四六年十一月六日

贝尔克什

小树丛颤抖着，因为……

小树林微微颤抖着，
因为小鸟飞落树上。
我的心也在颤动着，
因为我想起了你，
我想起了你，
娇小玲珑的姑娘，
你是这个伟大世界
最珍贵的金刚石。

多瑙河涨水了，
也许就要奔流而去。
在我的心中，几乎
充满了抑制不住的冲动。
你爱我吗？我的玫瑰！
我的爱是如此巨大，
连你爸爸妈妈对你的爱，
也比不上我对你的爱那么深沉。

当我们共同在一起时，
我知道你是爱我的。
那时候正是炎热的夏天，
现在已是冬季，天气寒冷。
倘若你不再爱我，
愿上帝祝福你，

但是，倘若你仍是爱着我，

愿上帝赐给你一千倍的祝福！

一八四六年十一月二十日之后

佩斯

让我烦恼的一个念头

一个思想在烦扰着我；
我躺卧在床上，在枕头中死去！
如同一朵鲜花，慢慢地凋谢，
蛀虫在秘密地咬啮着花心；
如同一支蜡烛，慢慢地消融，
留在房间里的是一片空虚。
别让我这样死去，
别让我这样死去，我的上帝！
我宁愿是树，任凭雷电的轰击，
或者暴风雨将它连根拔起；
我宁愿是岩石，从山巅滚到深谷里，
发出惊天动地的雷鸣……

倘若一切被奴役的人民，
摆脱桎梏，向原野走去，
红扑扑的脸庞，高举鲜红的旗帜，
旗帜上书写着这样神圣的口号：
"全世界的自由！"
人们呼喊着这一口号，
口号从东方响彻西方，
他们正在同暴君进行搏斗：
让我在那里死去吧，
在战斗的原野上，
鲜血，从我年轻的心脏往外流淌，
嘴上发出了最后的愉快的话语，
让我跨上战马，军刀铿锵响，

军号嘹亮，大炮轰鸣，

飞驰的骏马，

踏着我的尸体，

飞报胜利的信息，

把我践踏得粉身碎骨。——

倘若到了进行伟大葬礼的日子，

必然会把我的尸体收殓，

就在那里，在庄严、缓慢的哀乐

　　声中

伴随着覆盖旗帜的灵柩，

把在战斗中死亡的英雄们，

送进共和国的坟墓安息！

神圣的世界自由呵！

他们是为了你，

而牺牲了宝贵的生命！

一八四六年十二月

佩斯

自由，爱情！

自由，爱情！
这两者我都需要，
为了我的爱情，
我可以牺牲我的生命，
为了自由，
我可以牺牲我的爱情！

一八四七年一月一日
佩斯

致十九世纪诗人

任何人都不要轻易地
拨动他的琴弦！
现在，谁人拿起七弦琴，
他必然肩负起巨大工作。
倘若除了你自己的悲痛与欢乐，
你再不会歌唱别的，
那么，这个世界并不需要你，
因此，你不如将神圣的琴推开。

如同摩西从前带领人民一样[1]，
我们现在也在荒漠里流浪，
他们遵循着
上帝派送来领导的火炬行进。
在新时期里，上帝指定
诗人作为这样的火炬，
让他们带领
人民奔向迦南。

既然如此，谁要当诗人，
他就得同人民一道赴汤蹈火；
谁要是从手中抛掉人民旗帜，
诅咒就会落到他的头上；

---

1 摩西带领以色列人逃离埃及前往迦南时，上帝用火炬为他们照亮道路。见《旧约·出埃及记》。

谁要是因为怯懦或懒惰而落后，
诅咒就会落到他的头上；
当人民在流血流汗奋争时，
他却待在树荫下休息！

有那样伪装的预言家，
他们不无恶意地宣称：
我们可以停止不前了，
因为这里就是上帝允诺给人民的土地。
谎言，厚颜无耻的谎言，
千百万人对此予以驳斥，
他们强忍住饥饿，
过着失望的困苦的生活。

倘若在丰盛的篮子里，
人人都能拿到同样的一份；
倘若在权力的桌子旁边，
人人都能占据同样的位置；
倘若精神的阳光，
照耀着所有房屋的窗台；
那么，我们就能说可以停下，
因为这里已经是迦南。

到那时就满足了吗？不，不能休息，
就是到了那时，也需要继续斗争——
也许，为了我们的工作，
生命不会不付出任何代价，
但是死亡将会用它那温柔、甜蜜的
吻闭上我们的眼睛，

让我们躺在丝绒榻上，周围摆满

花圈，

然后将我们埋在大地的深处。

一八四七年一月

佩斯

致阿兰尼·亚诺什[1]

我把我的心奉献给《多尔第》的作者，
热情地握手，火热般地拥抱……
诗友，我读了你的作品，
我的心充满了巨大的美妙的感觉。

倘若我的心接近了你，你会发现它在
　　燃烧：
对此我无能为力……是你使它燃烧
　　起来的！
你从哪儿找到如此美好的词句，
使你的作品闪耀着华丽的光辉？

你究竟是什么人？突然如同火山般
从海洋深处一下子喷发出来。
别人只配得到常春藤的一片叶子，
而对你必须立即送上整个桂冠。

谁是你的老师？你在哪里上学？
竟然如此娴熟地弹奏你的琴弦。
在学校里是学不到这些的，
只有大自然才会教会你。

你的歌如同平原上的钟声一样单纯，

1　阿兰尼·亚诺什（一八一七年至一八八二年）：十九世纪匈牙利著名诗人。一八四六年，他创作了长篇叙述史诗《多尔第》。裴多菲对此大为赞赏，从此两人结成莫逆之交。

也如同平原上的钟声那样纯洁。
它的声音响遍整个平原，
世界上的噪音也掩盖不住它的声音。

这才是真正的诗人，他让
他胸怀上苍的甘露滴入人民的嘴唇。
可怜的人民呵！灰蒙蒙的视野，
使他们偶尔透过云层才看到蓝天。

倘若别人不来减轻他们的巨大痛苦，
那么，我们诗人就来抚慰他们，为他
　　们歌唱；
要让我们每一首歌都是一次次慰藉，
成为他们的硬板床上的甜蜜的梦境。

这样的思想在我脑际巡回，
当我走上诗歌圣山的时候，
我那并非不荣耀的开始，
我的朋友，你将以你的完整的荣耀
继续下去。

一八四七年二月

佩斯

我是匈牙利人

我是匈牙利人。我的祖国
是五大洲广阔地域上最美丽的国家。
它是个小小的世界。
它拥有数不尽的富饶宝藏，
站在那里的山峰上，可以
俯览卡什比海[1]汹涌的波涛。
那里的平原，仿佛在寻觅大地
的边沿，远远地往前延伸。

我是匈牙利人。我性格严肃，
犹如我们小提琴奏出的第一个音符。
我的嘴角显露出微笑，
但很少听到我的笑声。
如果我脸上露出最愉快的神色，
我会在高度兴奋中号啕大哭；
但当我愁苦时，我脸上却显得轻松，
因为我不愿意接受人们的怜悯。

我是匈牙利人。我骄傲地
俯视逝去的海面，看见了
高高伸向天空的岩石，
那是你冠军的行为，我的民族，
我们在欧洲的舞台上表演过，
我们并不是最渺小的跛脚的角色；

1　卡什比海：指地跨欧亚两洲的咸水湖——里海。

大地会因为我们出鞘的宝剑而颤抖，
如同孩子们害怕黑夜里的闪电。

我是匈牙利人。现在匈牙利人怎样啦？
他成为逝去的光荣的朦胧的幽灵。
刚刚出现，很快便没入墓穴的
深处——只要钟声一响，便消失得
　　无影无踪。
我们沉默不语！我们几乎
没有把我们的声音送达我们的邻居，
我们自己的兄弟，也为我们准备
哀悼和耻辱的黑色丧服。

我是匈牙利人。羞耻使我脸上发烧，
我不得不感到羞愧，因为我是匈牙利人！
我们这里黎明还没有到来，
虽然到处已经是阳光灿烂。
但即使为了世界上任何财富和荣誉，
我也不放弃我出生的土地，
因为我热爱、真诚地热爱我的祖国，
为在耻辱中的我的民族祈祷！

一八四七年二月

佩斯

我最美丽的诗篇

我已经写出了许多诗篇，
并不是每一首诗都毫无用处，
但是，为我赢得声誉的
最美丽的诗篇还在后边。

最美丽的诗篇将是；如果
我的祖国起来反抗维也纳[1]，
我就用闪闪发光的宝剑的锋刃，
在一百个心中写上：死亡！

> 一八四七年五月
> 埃尔米哈伊发勒瓦

1　指当时维也纳的统治者——奥地利哈布斯堡王朝。

世界是多么的美好!

从前,我是不是认为
生活就是诅咒?
我是不是如同夜间幽灵
在大地上漫游?
羞耻的火焰
把我脸上烧红! ——
生活是多么的甜蜜,
世界是多么的美好!

我青年时代
恣意狂虐的暴风,
用它蓝色纯净的眼睛,
从天空朝下微笑,
如同亲爱的母亲,
对着她的孩子微笑。——
生活是多么的甜蜜,
世界是多么的美好!

每天,我都从我心中
消除掉一次痛苦;
好让我这颗心
重又成为绿色的花园,
里面盛开着
五彩缤纷的鲜花。——
生活是多么的甜蜜,
世界是多么的美好!

那个被我鲁莽驱逐的
我的自信，
又重新张开双臂
迎接我的灵魂，
如同远方
未来的朋友……
生活是多么的甜蜜，
世界是多么的美好！

仁慈的老朋友呵，
快快到我这儿来，
怀疑的眼睛，
再不会对着你们……
我已经把魔鬼的
家族赶跑……
生活是多么的甜蜜，
世界是多么的美好！

倘若我想起
我年轻的鲜花，
我褐发的姑娘，
在美丽的晨梦中，
那我就为她祷告，
她也会为我祷告。——
生活是多么的甜蜜，
世界是多么的美好！

一八四七年六月一日至十日
索隆托

我愿意是溪流

我愿意是溪流——
山涧的小河，
在坎坷不平的路上，
从岩石中间穿过……
条件是，倘若我的爱人
是一条小鱼，
在我的水波里，
欢快地上下嬉谑。

我愿意是座野林，
在河的两岸，
坚定不移地
跟暴风雨战斗……
条件是，倘若我的爱人
是一只小鸟，
在林子里，
筑巢、歌唱。

我愿意是座城堡废墟，
在高高的山顶上，
对于这样悲痛的毁灭，
我只有感到轻松，
条件是，倘若我的爱人
是那里的常春藤，
伸开绿色的手臂，
攀援上我的额头。

我愿意是间小小的茅屋，

在隐蔽的山谷里，

我那麦秆做成的屋顶上，

经受着风吹雨打……

条件是，倘若我的爱人

是火，

在我的炉灶里，

缓缓地、但却是愉快地闪烁。

我愿意是朵云彩，

破碎不堪的旗帜。

在荒野上空，

疲惫地站着不动……

条件是，倘若我的爱人

是黄昏，

在我苍白的脸庞周围，

鲜艳地闪耀着。

一八四七年六月一日至十日

索隆托

树林里有鸟儿

树林里有鸟儿，
园子里有鲜花，
天空上有星辰，
小伙子有情人。

开放吧，鲜花！歌唱吧，鸟儿！
星辰呀，你闪烁吧！
姑娘绽开笑容，在歌唱，在闪亮⋯⋯
树林、园子、天空，小伙子多幸福！

唏，花瓣凋谢了，
星辰落下去了，鸟儿飞走了，
但是，小伙子仍然留在那里，
他是最幸福的人啦。

一八四七年六月十四日至三十日
佩斯

悲凉的秋风在跟树林交谈

悲凉的秋风在跟树林交谈，
轻轻地交谈，听不到声音；
它对树林说些什么呢？
树木只是沉思般摇晃着头。
这时候是午后和夜晚之间，
我舒适地躺在长榻上……
我娇小的妻子深沉、安静地躺着，
她的脑袋紧靠在我的胸膛。

我甜蜜地微微入睡，
我这一只手感到她那温顺、起伏的
　　　胸脯，
我另一只手里是我的祈祷书：那是
自由战争的历史[1]！
每一个字母都如同彗星般
从我灵魂的上空飞驰而过。
我娇小的妻子深沉、安静地睡着，
她的脑袋紧靠在我的胸膛。

在金钱引诱和皮鞭驱使下，
奴隶们会替暴君去打仗；
而自由呢？为了赢得它一个微笑，
所有她的追随者都会走向战场，
如同从美丽姑娘手中接过鲜花，

1　大概是指《法国革命史》，是诗人及其朋友研读的一部书。

心甘情愿地接受灼伤和死亡……
我娇小的妻子深沉、安静地睡着，
她的脑袋紧靠在我的胸膛。

噢，神圣的自由呀，多么宝贵
的生命为了你而死亡，这有什么意义？
倘若现在没有，将来一定会有，
在即将到来的斗争中胜利必将属于你，
你必将为死去的人民复仇，
而这种复仇将是可怕的……
我娇小的妻子深沉、安静地睡着，
她的脑袋紧靠在我的胸膛。

在我面前飘荡着流血的场景，
那是未来时代的景象，
自由的敌人必将在
他们自己的血海中沉没！……
我的心如同一声小小雷鸣般跳动，
闪电从我头顶上飞驰而过。
我娇小的妻子深沉、安静地睡着，
她的脑袋紧靠在我的胸膛。

一八四七年九月
卡尔托

我的祖国，你要睡到何时？

我的祖国，你要睡到何时？
公鸡已经打鸣；
公鸡的啼鸣，
宣告了早晨的到来。

我的祖国，你要睡到何时？
太阳也已经升起来了，
它喷射出来的光辉，
没有照着你的面容？

我的祖国，你要睡到何时？
麻雀也已经出现，
在你的麦穗垛上，
贪婪地填满它们的肚子。

我的祖国，你要睡到何时？
猫咪也已经醒来，
它正在你的奶罐周围打转，
一副好管闲事的模样。

我的祖国，你要睡到何时？
迷途的马群
跑到你的草场上，
放肆地吃着草料。

我的祖国，你要睡到何时？

瞧，你那些栽培葡萄的人，

都不去管理你的葡萄园，

而是光顾你的酒窖。

我的祖国，你要睡到何时？

你的邻居正在耕地，

他们把你的土地，

同他们的连在一起。

我的祖国，你要睡到何时？

难道说，只要你房子没有着火，

发生灾难的钟声没有敲响，

你就不会醒来？

我的祖国，你要睡到何时？

我的美丽的匈牙利，

难道说到了另一个世界，

你才会醒来！

一八四七年十月

卡尔托

在小山坡旁有丛玫瑰

在小山坡旁有丛玫瑰
我的天使，靠着我的肩膀吧，
对着我的耳边悄悄说，你爱我，
唏，这使我感到多么幸福。

太阳的面影就在多瑙河里，
河水泛起愉快的涟漪，
静静地把太阳摇荡，
如同我摇荡着你，亲爱的人。

恶人说尽我的坏话，
说我是个不信上帝的人！
其实，现在我仍在祷告，
倾听着你心房的跳动。

一八四七年十一月
佩斯

致匈牙利的政治家们

自负而又骄傲的老爷们，
总是瞧不起贫困的诗人们，
他们在政府和国家级议会上，
扮演着光辉的角色。
善良的青年人在路途上就毁掉了，
他衣衫褴褛地在路上缓慢地走着；
坐在豪华马车上的老爷从你身旁
　　急驶而过，
因此也就把你践踏在车轮底下。

就是因为替他们驾车的是高头大马，
他们显得那样高大，
当诗人在困苦中受饥挨饿时，
而他们的仆人都长得肥胖？
或者，在人类的天平上，
他们还有一个更美好的念头：
他们认为他们更为高贵，
比起那些毫无出息的诗人？

你们只管到处信口开河，
你们知道你们是什么东西？
在那些微小的日常事件中，
只是一堆暂时性的篝火，
漂泊者每天晚上都会看见，
篝火的火焰蹿得很高，
一到早晨，熊熊大火，

就只剩下一堆冰凉的死灰。

当燃烧过后，你们就显露原本的面貌，
而诗人们作为小小的星星，
在遥远的闪烁着的火星旁，
星星放射出的光却比你们明亮百倍；
而当微风把你们的灰烬，
早已从大地上卷走的时候，
在遥远的天际，那时，
小小的星星依然愈来愈明亮。

你们要明白，什么是诗人，
你们要很好地对待他，
你们要明白，诗人
就是上帝的一片神圣叶子，
上帝就是以最崇高的恩宠，
把他派遣到大地上来，
给普通平凡的人们，
用诗人的手写下永恒的真理。

尽管别的民族没有看重诗人，
可是你们，匈牙利人呵，
在诗人面前要低下头，
表示出你们应有的尊敬。
噢，匈牙利的诗人
都是伟大的，配得上爱国者的美名。
倘若你们忘记了他们，你们会感到
　　羞耻！
时间还没有过去半个世纪。

我们的语言是我们唯一的财宝，

从我们祖辈那里一直流传至今，

即便是我们敌人宣誓的时刻，

死亡也不曾把它劫夺走；

我们的语言已经处境危险，

似乎接近了终结……

被摒弃在马路上，

躺在死亡的痛苦之中。

傲慢的老爷们，对于这神圣的病人，

你们给予什么样的帮助？

你们朝他走去，

只是为了踢他一脚！

诗人们却是这些衣衫褴褛、饥饿人们

　　的看护者，

诗人看护和挽救他们，

而你们仍然瞧不起诗人！

一八四七年十二月

佩斯

最好的妻子

最好的妻子，
我心灵的小娇妻，
来呀，到我的怀里来，
让我同你欢乐和谑戏。

在你是姑娘的时候，我爱你，
现在，我更是百倍地爱你，
呵，不是百倍，而是千倍地爱你，
倘若你不为此而生气。

未结婚的人不会懂得
什么是真正的爱情；
他怎么会懂得呢？
要知道，他还在学习。

未婚人的爱情，
只能是帽子边沿的鲜花；
而现在，对我来说，爱情
就是我的呼吸和脉搏的跳动。

我们现在是多么的幸福，
对吗？尤丽什卡，我的灵魂，
我们不必要等到死亡，
就欢悦地飞向天堂。

一八四八年一月
佩斯

致阿扎尔扬·皮尔蒂亚尔 [1]

在那深深的山谷里，

站立在其中的

是一动不动的花岗石山峰，

它如同比铁还坚硬的高墙，

然而就连它们，由于常年朝下看，

看上去也要昏晕了……

在山谷的最深处，

那里只见到半天的日光，

因此，只有许多流亡者来到这里。

而那里的月光，一位美丽的纺织姑娘，

每天晚上

飞针走线，

仿佛替自己编织面纱……

在深谷里有棵硕大的树，

荆棘丛中，树下开着一朵小小的花儿，

由于荆棘和树叶的遮挡，

在它周围见不到一丝一毫的阳光，

只有一粒凝结了的巨大的露珠，

——那是永恒的泪水——在叶子上

　　颤抖，

如同血流不止的伤口上的钻石，

因为这朵鲜花是殷红的……毫不奇怪，

它是一颗被践踏的心的产物。

1　阿扎尔扬·皮尔蒂亚尔（一八二〇年至一八六七年）：十九世纪匈牙利著名诗人和评论家。

很少有流浪者转到这个地方，

也很少有人注意这朵鲜花，

但是，谁要是看到它，

就不会匆匆离它而去，

会用惊异的目光

站在这迷人的植物面前，

看呀，看呀，会受到痛苦的折磨，

由此感觉到心被撕碎，

直到一看到它，你就拥抱它，

吸吮它那醉人心肺的甜蜜的芳香……

我的朋友，这是一株痛苦的鲜花，

这株鲜花是你七弦琴的乐谱呵，

为什么你践踏这株美丽的鲜花？

为什么让你手中的七弦琴沉默？

难道你不痛心，当你把它摔在地上，

哭泣般的琴弦断成两段的时候？

心灵不朝你呼喊吗，

当你向它伸出你谋杀之手的时候？

因为你是个谋杀者，

你杀害的不只是你的身体，

而是比这严重得多，

是你更重要的部分，

七弦琴是诗人的灵魂，

而你，杀害的是你的灵魂！……

你消灭了一个诗人的灵魂！

难道你不认识你的使命？

而这个使命真正是神圣而伟大的，

它在这大地荒野里，

正处在垂死的边缘，

既不是雨露，又不是阳光，

对它已经是毫无裨益；

只有诗人微笑般落下的眼泪，

才会使它重新盛开。

你将要怎样回答，

从前给你送去的那本账？

倘若他对你说："你往那儿看吧，

那里是你走过的方向，

好好看吧，那里是一片荒野……

还有等待你去耕耘的土地？"

起来吧，我的朋友，每一分钟都是

　　宝贵的，

我们是在大地上空飞驰的星星，

我们要活着，直到我们还没有陨落；

不久，你将站在法官面前。

起来吧，我的朋友，操起你的七弦琴，

奏出你的悲痛，

倘若诗人发出的是最悲痛的声音，

那也是最大的幸福。

你唱吧，唱出你的心情，

从你嘴唇发出的一切声音，

都是你灵魂最宝贵的部分……

在光荣的痛苦和喜悦中

流血！

一八四八年一月六日

佩斯

你在做什么，你在缝什么？

你在做什么，你在缝什么？
你是在缝补我的衣服吗？
对我来说，衣服破了也没什么，
我的妻子，你还是缝一面旗帜吧！

我在预测着，预测着，
只有仁慈的上帝知道我在预测着什么，
但只要我在预测那就足够了，
我的妻子，你还是缝那面旗帜吧！

目前的世态不可能持续太久，
必将会引起变化，
在战场上，预测将变成现实，
我的妻子，你还是缝那面旗帜吧！

自由是昂贵的产品，
不能赊账，只能支付现金，
昂贵的价格，那是殷红的鲜血，
我的妻子，你还是缝那面旗帜吧！

倘若是你这双美丽的手缝制的，
胜利必将会喜爱上这面旗帜，
而且将永远掌握在胜利手中：
我的妻子，你还是缝那面旗帜吧！

一八四八年一月

佩斯

在半醒半睡之中

我美丽的亲爱的人，
温暖的胸脯……
你心灵的诱惑……
我总的感觉……

娇小的鸟儿，
为我歌唱……
神仙的歌曲……
我忠实的爱情……

金的……银的……
我都不需要，全不需要，
我还是那样的悲哀：
你把我带走吧！……

这是什么样的芳香，
鲜花一簇簇地盛开！
世界
是座无边无际的花园……

天空将要
变得悲哀，荒漠。
它的一切装饰物
将要降临大地。

星星

降落了，
成了环绕我头上
的桂冠！……

嗨，七弦琴在弹奏，
哎，除此之外还有什么呢？
再没有什么啦，
一切都已经被打碎……

奏响吧……但不是
停留在手上，
而是响彻大地，
在夜间。

我曾经参与
那次巨大的战役，
旗帜就在
我手中挥舞。

我身负重伤，
返回家乡……
那场战斗过去了，
我的伤也结了疤。

睡吧，睡吧，
我美丽的亲爱的伴侣……
噢，自由！
噢，爱情！

一八四八年一月
佩斯

爱情的玫瑰树……

爱情的玫瑰树……
我躺卧在它的树荫里，
芳香的叶片，
终于飘落在我的额头上。

爱情的夜莺，
在我的头顶上振翼，
在我的想象里，它的每一声
  歌唱，
都化成一个个上帝赐给的梦。

我的嘴唇，
在爱情的酒杯里沐浴，
再没有比这更甜蜜的蜜，
让我在其中受到爱的折磨。

爱情的云彩，
向这个方向轻轻飘落，
如同来了一位天使，
亲自来拜访我。

爱情的月亮世界，
给我披上金色的外衣，

把我遮住，让我忘记
我的羞耻。

一八四八年一月
佩斯

意大利[1]

人们最终厌恶了在地上爬行，

他们一个接着一个站立起来，

从他们的叹息中形成了雷雨，

现在，代替铁链的是刀剑的铿锵，

朦胧的橘子树是南方的树林，

艳红的玫瑰将到处盛开——

他们是光荣的神圣的士兵，

自由之神呀，你要帮助他们！

喏，自负、专横的暴君们，

你们脸上的血都流到哪里去了？

你们的脸颊如同幽灵那般苍白，

我仿佛看到了幽灵：

我看到了，真的，

布鲁图[2]的幽灵就出现在你的面前——

他们是光荣的神圣的士兵，

自由之神呀，你要帮助他们！

现在，睡着了的布鲁图已经苏醒，

他正在兵营里进行鼓动，

1　一八四八年一月间，意大利爆发了工人起义，掀起一八四八年欧洲资产阶级革命的序幕，革命之火很快蔓延到西班牙、法国、奥地利等地；诗人为此欢呼，并预见革命浪潮即将传到他的祖国——匈牙利。

2　布鲁图（前八五年至前四二年）：古罗马时期主张共和的政治家，刺杀了独裁者恺撒大帝。

他说："我在这块土地，塔奎尼乌斯[1]

从这里跑掉，恺撒也在此地死去，

这位巨人跪倒在我们面前，

而你们还要在侏儒面前低头？"

他们是光荣的神圣的士兵，

自由之神呀，你要帮助他们！

来了，这一伟大、美好的时刻到了，

我们希望迎着它飞奔而去，

如同在秋天明朗的天幕下，

候鸟排成长长队列在飞翔，

所有的暴君都将要被消灭，

盛开的鲜花将点缀着大地——

他们是光荣神圣的士兵，

自由之神呀，你要帮助他们！

一八四八年一月

佩斯

---

1 塔奎尼乌斯：古罗马国王，犯法被逐出罗马，权力也随之落入执政官手里。

强劲的风吹着……

强劲的风吹着，火星喷出了火焰，
你们必须留心你们的屋顶，
倘若等到太阳从山顶落下去，
我们从头到脚就得站在大火之中。

我亲爱的祖国，古老的匈牙利民族，
勇气是不是在你的体内睡去？
或者随同我们的父辈一同死去？
你还值不值得身佩宝剑？

匈牙利民族，倘若该轮到你的时候，
你是否能够如同从前那样再来一次？
伟大的战士只要运用他的目光，
就比别人用武器更多地杀死敌人。

从前，我们保卫了世界，
那是鞑靼和土耳其人的时代；
而现在，倘若伟大的工作来了，
我们能否保卫我们自己？

噢，匈牙利人的上帝，给个启示吧！
倘若生死关头即将临近，
让我们知道，你仍然统治着天国，
为的是你和你的人民的光荣。

一八四八年三月初
佩斯

民族之歌 [1]

站起来吧！匈牙利人，祖国在召唤！
时刻到了，就是现在，或者永不！
我们是做奴隶，或者是做自由人？
你们必须回答这个问题！
我们面对匈牙利人的上帝
宣誓：
我们宣誓，我们
再不做奴隶！

至今，我们过的是奴隶的生活，
这给我们的先辈也带来耻辱，
他们是自由地活着，也自由地死去，
在奴隶的土地里也不能安息。
我们面对匈牙利人的上帝
宣誓：
我们宣誓，我们
再不做奴隶！

再没有比那样的人更卑鄙，
倘若现在需要，他不敢去死：
他把自己渺小的生命，
看得比祖国的光荣更宝贵。

---

1 一八四八年三月十三日，维也纳发生革命，诗人于当晚写下这首诗，三月十五日，佩斯发生革命，诗人站在民族博物馆的台阶上，当着在广场集合的万名群众，朗诵了这首诗，对革命起了巨大的催进作用，一时间即成为革命传诵的"马赛曲"。

我们面对匈牙利人的上帝

宣誓:

我们宣誓,我们

再不做奴隶!

宝剑比铁链更为光亮,

也是更好的装饰,

可是,我们现在依然戴着铁链!

到我们这里来吧,我们古老的宝剑!

我们面对匈牙利人的上帝

宣誓:

我们宣誓,我们

再不做奴隶!

匈牙利这名称会再度辉煌,

将不愧于它那过去伟大的声誉:

我们要洗刷掉

几百年来强加在我们身上的耻辱!

我们面对匈牙利人的上帝

宣誓:

我们宣誓,我们

再不做奴隶!

总有一天我们的后代子孙,

将在我们坟墓面前跪拜,

他们在做祝福祈祷的同时,

将一一道出我们神圣的名字。

我们面对匈牙利人的上帝

宣誓：

我们宣誓，我们

再不做奴隶！

一八四八年三月十三日

佩斯

大海复活了

大海复活了，
各族人民的大海：
真正惊天动地，
可怕的力量，
掀起汹涌的巨浪。

你们可曾见过舞蹈？
你们可曾听到过这首乐曲？
要是你们不知道，
那么，你们现在就可以看到，
人民是怎样地在娱乐。

大海在摇晃，在怒吼，
海上的船在上下颠簸，
它们沉没进地狱里去，
桅杆被折断了，
帆被撕碎了。

洪水，你恣意汹涌吧，
显示出你的力量，
从你深处的海底，
把愤怒的海浪，
抛向高高的云层；

你就用它来在天上，
记录下永恒的真理：

尽管船在水上行走，

水在船底下流动，

然而，水还是主人。

一八四八年三月二十七日至三十日

佩斯

给国王们

我给的是你们很少得到的东西，
国王们，那是一句公开的真诚的话语，
不管你们是否高兴，感谢
或者惩罚讲话的人；
在蒙卡茨[1]也设有绞刑架，
但在我内心里一点也不惧怕……
不论无耻的奉承者如何说，
再也不会有亲爱的国王！

嗳……唏，这朵美丽的鲜花，
早就被你们撕得粉碎，
鲜花碎片被抛弃在大路上，
又被你们那装载违背誓言，
遍游世界的大车轮子碾得粉碎……
不论无耻的奉承者如何说，
再也不会有亲爱的国王！

人民只是忍受着你的，
忍受着，如同忍受必然的灾难，
但人民并不爱你们……在天上
已经把你们的日子结束。
不久，你们就要听拥有绝对权力的
上帝做出的伟大的宣判……

1　蒙卡茨：匈牙利历史名城，属于十八世纪初领导反对哈布斯堡王朝，争取
　　国家独立、自由斗争领导人拉科治家族的城堡，后来奥地利哈布斯堡王
　　朝在此设立监狱，囚禁政治犯。

不论无耻的奉承者如何说，
再也不会有亲爱的国王！

我要不要鼓动全世界
都起来反对你们？
运用愤怒的参孙[1]的力量，
鼓动千百万人向你们进攻？
我要不要敲响你们的丧钟，
让你们听到钟声就发抖？
不论无耻的奉承者如何说，
再也不会有亲爱的国王！

我无须鼓动他们，因为没有这种必要：
何必使用全部力量去
摇晃那棵大树？大树上的
果实已经成熟，
它自然就会从树上掉落地上……
不论无耻的奉承者如何说，
再也不会有亲爱的国王！

一八四八年三月二十七日至三十日

佩斯

1　参孙：以色列士师，力大无穷。见《旧约·士师记》第十四至十五章。

我的妻子和我的宝剑

屋顶上有鸽子，
天空有星星，
在我的怀里，
是我亲爱的妻子；
我颤抖着的手臂
温柔地将她抱住，
如同颤抖着的树叶
承受住露珠。

我既然已经拥抱着她，
为什么不吻一吻她？
我们的吻既不多，
也不少。
我们也在交谈，
只是一半谈话，
另外的一半
已经融化在吻里。

我们享受着莫大的欢悦，
我们在进行莫大的娱乐，
我们的幸福
称得上是光亮的珍珠！
但是，我的宝剑
却不喜欢这样，
它从墙上瞪着眼睛，
生气地注视着我们。

古老的宝剑呵，你为什么
怒气冲冲地看着我们？
你是在嫉妒我们相爱？
我的同伴，用不着这样，
这跟你的为人不相符合，
如果你是个男子汉，
就不要模仿妇女的手艺。

可是，你也没有理由
替我担心，
你完全可以，
了解我的妻子，
你能了解她的心灵，
一个少有的心灵，
这样的心灵，
上帝也很少创造。

倘若祖国
需要我的手臂，
她的手将会
把你佩戴在我的腰身，
把你系在我的腰上，
这样告别说：
"你们去吧，愿
你们彼此信赖！"

一八四八年四月
佩斯

致国民代表会议

你们站在大厅的台阶，
不久，从大厅将传出决定民族命运
　　　的信息，
请稍稍等一会儿，不要急着走进去，
请倾听一下我的警告的言词……
说话的是一个人，却是以千万人的
　　　名义！

那个祖国，我们先辈
用他们的汗水和鲜血赢得的
那个祖国已不复存在，只有
它的名义在我们中间漂泊，
如同午夜里从坟墓中返回的幽灵……
那个祖国已不复存在，
旧时代的蛀虫已经蛀空它的墙角，
新的暴风雨又掀掉了它的屋顶，
现在，它的住户只能像野兽、鸟儿
那样，在露天下寄宿。
像我们先辈一千年前做过的那样，
现在，你们也要来做一遍：
无论用多大力量，也无论做出多大牺牲，
哪怕牺牲到最后一个人，
你们也必须为你们创建一个祖国！
一个崭新的祖国；它比旧的更美好、
更牢固；你们必须创建起来
一个崭新的祖国；那里再也

不会有那些傲慢、特权的巨大塔楼；
那里是黑暗的洞穴，蝙蝠的窝巢。
一个崭新的祖国，那里的每一个角落，
都充满阳光的清新的空气，
人人都能看到这一切。
当然，我不是说，把旧建筑的
所有基石全都抛开，
但是，作为基础的每一块石头，
你们都必须仔细看一看，
凡是酥松了的，就坚决地把它换掉，
也不要管它跟什么神圣的纪念有关，
因为基础不牢，房子就要遭殃。
那时你们的努力将白白浪费，
只要一分钟，整个建筑就要坍塌，
坏的主人，总是建造新的房子，
但是，不是今天就是明天，他最后
　　就会破产。
不是所有的人都考虑到，
他为什么投身于这桩事业？
你们是否知道，你们在这里
赢得的是巨大的光荣，
是为了艰苦工作而来的！
谁要不是被爱国情怀所激励，
纯洁的意图吸引到这里，
谁要是被谎言或者恶劣的自私自利
骗到这个地方来，那他亵渎神明的
脚就不要踏进这神圣的台阶，
这是因为，倘若他一走进去，再从
　　里面出来，
诅咒和耻辱就将成为他的仆从，

跟随他回家，随后就同他一道走进

坟墓。——

你们，只要你们心中的偶像，

还不曾排挤掉真正伟大的上帝，

你们心中的祖国之爱，

像教堂圣坛上的明灯还在照耀着，

那么，你们就进去，开始你们的

    工作吧！

祝愿你们的工作是那样的伟大、幸运，

全世界的目光都在注视着你们，

一旦看见了，他们都将表示惊异：

说大厅里的人都理应得到幸福，

那些建设者理应受到崇敬！

一八四八年七月四日
佩斯

共和国

共和国，自由的孩子，
自由的母亲，世界的施恩者，
你，流亡者，如同拉科治[1]们，
我从远处预先向你致敬！

现在当你还在远方时，
当你的名字被恶毒诅骂时，我崇敬你！
当有人准备将你紧紧地拥抱时，
那他才是最值得崇敬的人。

现在我崇敬你，向你表示欢迎；
倘若你从高处以胜利者的姿态，
俯视躺在血泊中的你的敌人时，
将会有足够多的人崇敬你。

你将会胜利，光荣的共和国，
尽管天与地在你的面前设置了障碍，
你将是一位新的，神圣的拿破仑，
你将占领整个世界。

倘若你那闪烁爱的神探明灯、
美丽温柔的眼睛不能引导人，
那么，你强有力的手会指引他，

1　拉科治·弗伦茨（一六七八年至一七三五年）：十八世纪初，曾领导人民
　起来反对奥地利哈布斯堡王室的统治，争取国家独立、解放的自由斗争。

你手里握着导致死亡的宝剑在闪亮。

你将会胜利，倘若建立
凯旋门，那一定是为你而准备，
或者在鲜花斑斓的草地，
或者在鲜血流淌的红海里！

我愿意知道，我是否
会出现在胜利的光辉的庆祝会上？
或者是，那时死亡已经把我带走，
供养在坟墓的深处？——

倘若我赶不上这伟大的日子，
朋友们，那么你们就纪念我……
我是共和主义者，即便是
在地下，在棺材里也是共和主义者！

到我身边来吧，你们就在我的坟头，
高声呐喊："万岁，共和国！"
我会听到；那时，和平将会
降临这受追逐、痛苦的心的尸骨。

一八四八年八月

佩斯

致民族

让危机的钟声敲响！
也要把一根绳索送到我手里，
我颤抖，但并不是出于恐惧：
我在心底里涌起痛苦与愤怒。

我痛苦，因为我看到新的暴风雨，
正朝着我摇摇欲坠的祖国逼近，
我愤怒，因为我们还在消磨时间，
梦境还没有从我们的眼里逝去。

这个民族只稍稍醒了一会儿，
周围打量打量，这个世界上什么
　　　声音在喧哗？
然后又转过身去，
现在，它又重新进入甜蜜的梦乡。

醒来吧，醒来吧，受上帝惩罚的民族，
你本来可以站在那里的最前一排，
由于你该诅咒的懒惰，
你常常落在后面，懒散地躺卧。

醒来吧，我的祖国，倘若现在不醒来，
你将永远醒不过来，
即使你醒了，那也只有那么一点时间，
只来得及把你的名字刻在你的墓碑上。

醒来吧，我的祖国，一个世纪的过错，

用一个伟大的小时可以弥补，

"赢得，或者失去一切！"

我们要把这写到上千面旗帜上去。

我们过着太久的困苦生活，

这个国家曾经是我们的，而又不

　　属于我们；

现在我们最终要表明态度：

谁也不要插手我们的事务。

倘若命运注定我们必须灭亡，

那就让他们把我们从这个世界上

　　清除掉！……

我不否认，我害怕死亡，

但害怕的只是死得没有价值。

倘若我们没能自由地活着，就让

　　我们死亡，

我们要死得美好，死得勇敢，

让那些把我们从大地上消灭掉

　　的人们，也要为我们哀伤！

让我们所有的人，

都像兹里尼·米克洛什[1]的子孙，

让我们所有的人，

1　兹里尼·米克洛什（一六二〇年至一六六四年）：十七世纪匈牙利抗击土
耳其入侵的民族英雄，他不但是一位杰出的军事家，同时也是一位著名
诗人，有长篇史诗《塞格德堡之危》传世。

都像祖国的唯一支柱那样进行战斗！

噢，那样我们就不会失败，
那时，等着我们的将是生活和荣誉，
我们也就独自永远占有，
至今只是渴望的东西。

起来，我的祖国，起来，我的民族，
　　匈牙利人民，
迅速奔赴战场，
如同闪电那样，以出乎意料的
巨大力量，去打击你的敌人。

你不要问，哪里有你的敌人？
凡是你看到的，到处都有敌人，
而最大、最危险的敌人，
是那个如同兄弟般抚摸你胸膛的人。

最大的敌人就在我们中间，
就是那卑鄙、背叛的兄弟！
如同一滴毒汁毁掉一杯酒，
他们一个人就伤害上百个人。

判处他们死刑！不要管，
行刑手举起的刀斧落下千万次，
也不要管涌出的鲜血，
从街头、从窗户流进屋里去。

我们的外部敌人容易对付，

如果把内部的这伙无赖清除掉……

现在，我们放下七弦琴……跑上钟楼……

去敲响那危急的钟声！

一八四八年八月

佩斯

年迈的擎旗手

耶拉契奇[1]向维也纳方向逃跑，懦夫！
我们的军队在他的军队后面跟踪追击，
他惧怕匈牙利军队，慌忙逃走；
匈牙利军队中有一位年迈的擎旗手。

这位年迈的擎旗手是谁？
他竟然具有那火一般的激情！
我骄傲地注视着他，
这位老人就是我的父亲！

这位年迈的擎旗手就是我的父亲，
"祖国处在危难之中！"这伟大的号召，
传到他的病床，传到他的耳边，
于是，他手里拿起旗帜，代替拐杖。

他肩负着困苦的一生，
经受着病痛和五十八岁的重压，
他忘掉一切不幸和痛苦，
作为战友站在青年人当中。

在这之前，他的一双腿，
几乎无法从桌子旁走到床边，
现在，他奋力追逐敌人，

1　耶拉契奇（一八〇一年至一八五九年）：当时任克罗地亚总督，受奥地利王室支使领兵镇压匈牙利革命，遭到革命军反击后逃到奥地利境内。

他竟然又恢复了青春。

是什么原因促使他走向喧闹的战争？
他是个没有财产的户主，
不担心需要保护什么东西，
更不害怕钱财落到敌人手里。

可以说，他连一块能容纳得下
他的棺材的土地都没有，
然而他还是举起旗帜，
走在保卫祖国的前头。

他走向战场，因为他一无所有；
财主进行战斗，但不是为了祖国，
而是为了保护他的财产……
只有穷苦的人才热爱他的祖国。

我亲爱的父亲，在此之前，
我曾经是你的骄傲；
现在，事情最终倒了个个，
你成了我的骄傲。

你值得戴上一项桂冠！
我几乎等不及了，让我再看你一眼，
我由于高兴而颤抖，让我亲吻，
你那高擎神圣旗帜的手。

倘若我再也见不到你，
我将会看到你辉煌的荣耀；

我的泪水将化成你坟头上的露珠，
你的名声就是那吸干露水的太阳！

一八四八年九月十七日至二十二日

埃尔多特

战斗之歌

喇叭吹响，战鼓擂动，
军队准备奔赴战场。
前进！
子弹呼啸，军刀铿锵响，
鼓舞着匈牙利人。
前进！

把旗帜高高举起，
让全世界都能看清楚，
前进！
让大家都能看到和读着，
旗帜上写着的神圣口号：自由。
前进！

谁是匈牙利人，他就是勇士，
面对面地直视敌人。
前进！
谁生来是匈牙利人，他立刻就是勇士，
这是上帝的旨意。
前进！

脚下是血染的土地，
敌人的子弹击中我的同伴。
前进！
我愿意冲向死亡，
也不愿做得比这更糟糕。

前进！

倘若我们的双手也垂落下来，
倘若我们也全部都在这里阵亡，
前进！
倘若必须要有牺牲，那好吧。
我们就牺牲，而不是祖国。
前进！

一八四八年十二月八日

德布雷森

全世界都在战场上……

全世界都在战场上，
唯独我一个不在那里，
我多次渴望着战斗，
我感觉到，并为它歌唱！

现在，这种愿望，火焰仍在燃烧，
它在我的内心深处并没有熄灭，
我该奔赴战场，却又必须留下，
一时间我无法离开。

耻辱与痛苦，
双重的泪水浸湿了我的胸襟，
痛苦袭击着我的心，
呵，不是痛苦，是耻辱。

呵，我的孩子，
你还没有出生，
就给我的心灵带来痛苦，
给我的名字带来耻辱。

倘若你出世了，倘若你活了下来，
那么，你应当这样生活：
洗刷掉我们名字上的污泥，
那是因为你而沾上去的。

那将是往后的事了，那时

我已经进入坟墓……

别使用黑体字
把我的名字刻在墓碑上。

春天来到了！那时
树木将一片翠绿，
象征我名声的大树，
在春天的时光里又披上绿装！

一八四八年十二月
德布雷森

沉寂，欧洲沉寂了 [1]

沉寂，欧洲沉寂了，
革命高潮已经退去，
真可耻，欧洲沉寂了，
不再捍卫自由。

那些无所作为的民族，
已经忘记了匈牙利，
他们身上的铁链响叮当，
匈牙利人依然高举军刀。

我们在抱怨、哀恸，
是不是已经走投无路？
不，亲爱的祖国，
你将给予我们无限信心。

我们为此受到极大鼓舞，
因为我们已成为明灯，
当欧洲已经睡去时，
它将黑暗的夜空照亮。

倘若我们这盏明灯，
不能将大地黑夜照亮，
那么，身居天堂的上帝会思量：

---

1 至一八四八年年底，一度在意大利、法国与奥地利掀起的资产阶级革命风
暴，已渐趋平复，在欧洲，只剩下匈牙利继续为自由而战。

全世界是不是已经沉疴不起？

自由啊！你看着我们，
现在你该知道，忠于你的是谁？
当别人不愿为你流泪的时候，
我们正在将鲜血奉献给你。

自由啊！就凭这个行动，
你不该替我们祝福？
在这个不讲诚信的时代，
我们可是你独一无二的忠诚信徒。

一八四九年一月

佩斯

战 斗

大地充满愤怒，
天空布满怒火，
到处是流淌的鲜血，
如同太阳红色光亮。
瞧，往西边落去的太阳，
正在发出耀眼的光芒，
　　战士们，前进！
　　匈牙利人，前进！

太阳穿透厚厚云层，
正在向我们探视，
锋利的军刀，
在烟雾中闪亮，
浓重的烟雾，
在冉冉升腾，
　　战士们，前进！
　　匈牙利人，前进！

战士们手握武器，
发出吓人的光芒，
大炮的轰隆隆响声，
天地也为之发抖，
整个世界，
将面临毁灭！
　　战士们，前进！
　　匈牙利人，前进！

火一般的热血，

在我胸中不断升腾，

硝烟和鲜血的气味，

化成美酒让我沉醉，

无论生或者死亡，

我都将勇猛前进。

　　战士们，跟随我战斗！

　　匈牙利人，跟随我杀敌！

一八四九年三月二日至三日

麦德捷什

埃尔代依军队

跟着贝姆将军[1]，何往而不胜？
他是经受考验的自由老战士，
奥斯特林卡上空耀眼的星座，
折射出复仇的光芒。

白发老将军往哪里行动，
雪白须眉如同旗帜在飘动；
象征我们赢得和平，
迈向胜利的凯旋门。

白发老将军往哪里走动，
跟随着的是我们祖国的青年；
大海巨浪滚滚翻腾，
追随着暴风雨前进。

波兰和匈牙利，
两个民族团结一致，
他们有着共同目标：
不让别人控制他们的命运。

他们的共同目标就是：

---

1 贝姆将军（贝姆·约瑟夫，一七九五年至一八五〇年）：一八三一年五月
   二十六日，在华沙北部重镇奥斯特林卡率领炮兵与沙俄军队作战，显示
   出卓越的军事才能。他是波兰国际主义战士，参加匈牙利一八四八年至
   一八四九年革命战争，负责指挥埃尔代依地区军队与沙俄军队作战，深
   受裴多菲爱戴。

把套在他们身上的枷锁打碎，
受人嘲笑、摆布的祖国啊，
我们宣誓：一定要将镣铐粉碎。

国王，你是头戴王冠的罪魁；
驱使雇佣兵入侵我们国家，
我们就用他们尸体造座大桥，
让国王从大桥走进地狱。

跟着贝姆将军，何往而不胜？
他是经受考验的自由老战士，
奥斯特林卡上空耀眼的星座，
折射出复仇的光芒。

一八四九年三月二十六日至二十七日

贝菲胡尼德

亚诺什勇士（长篇叙事诗故事梗概）

《亚诺什勇士》是裴多菲继《农村大锤》之后，仅仅用了六天时间一气呵成的另一部重要作品。它标志着裴多菲创作思想和艺术功力的一个飞跃，是他这一时期诗歌创作的最高成就。首先，《亚诺什勇士》在思想内容上具有重要的意义。在十九世纪二三十年代民族意识觉醒、全欧洲正在酝酿反对封建专制的资产阶级革命的形势下，《亚诺什勇士》中的男主人公代表的正是处于觉醒中的劳动大众，他的出现预示着在匈牙利将出现一场反对封建贵族地主阶级专政的重大革命。在艺术方面，《亚诺什勇士》的创作成功也表明裴多菲不仅能写出优秀的短诗，也有能力娴熟地驾驭故事情节、从多方面刻画人物性格、得心应手地运用大众化语言。《亚诺什勇士》的出现，极大地提高了裴多菲在诗坛上的声誉和地位，在整个匈牙利文学史上也是具有里程碑式历史意义的事件。

长诗取材于民间传说。传说里的男主人公库库理查·杨奇是一位深受下层劳动人民喜爱和崇拜的英雄。他的故事极富传奇性，据说他出身于穷苦家庭，力大无穷，并且敢作敢为，专门为劳苦大众打抱不平，惩恶扬善，是人民群众心目中真正的英雄人物。十九世纪二三十年代，匈牙利曾掀起收集、整理、出版民间故事、歌谣的热潮，在专门出版的匈牙利民间故事集里，就收进了描写库库理查·杨奇英雄事迹的篇章。可以肯定裴多菲对传说中的英雄十分了解。初稿写出来以后，像往常一样，裴多菲把它拿到意气相投的同伴们经常聚会的毕尔瓦茨咖啡馆当众朗读，征求大家的意见，并根据他们所提意见，将原来的标题《库库理查·杨奇》改为《亚诺什勇士》，再经过仔细修改才将它发表。

裴多菲在创作《亚诺什勇士》时，没有受原题材的限制，而是根据自己的创作意图重塑情节和人物形象，使长诗成为一部真正反映了时代特征和时代精神的艺术杰作。关于《亚诺什勇士》的思想意义，概括地说是通过塑造亚诺什这样一个来自下层的英雄人物，体现人民大众的反抗精神，鼓舞人民起来与贵族地主阶级的反动统治做斗争，争取自身的光明美好前途。裴多菲在长诗的主人公亚诺什身上着力刻画出他理想中的英雄人物的思想美德：勇敢、富于正义感、对爱情无限忠贞、与人民群众血肉相连。亚诺什勇士是时代所需要的英雄人物，代表着时代前进的方向。

《亚诺什勇士》共二十七段，一千四百八十行。长诗的故事并不复杂，讲述一对青年男女的爱情故事，描写他们的悲欢离合。男主人公库库理查·杨奇和女主人公伊露什卡是村里的一对孤儿：杨奇是个弃儿，一位好心的妇人在玉米地里发现并收养了他，主人打算把他培养成自己的助手——羊倌；伊露什卡先是失去母亲，父亲不久也死去，她只好跟着继母过活。杨奇和伊露什卡自幼就在一起玩耍，可谓青梅竹马，加上命运相似，长大后自然而然地彼此产生了爱情。伊露什卡的继母发现他俩的恋情后，对姑娘百般刁难与虐待。杨奇也因不慎丢失羊只而被性情暴烈的主人赶出家门，只好离乡背井去外面闯荡。离开之前，他找到伊露什卡，两人依依惜别，互道珍重，发誓永不变心。杨奇在流浪期间历经艰辛与磨难，但始终保持了正直有为青年的高尚品德，艰苦的生活与残酷、激烈的战斗没有将他压垮，却把他磨炼得更加坚强、勇猛和刚毅。他由于作战勇敢，获得法兰西国王赐予的"亚诺什勇士"称号。当他衣锦还乡，准备正式娶伊露什卡为妻时，才发现昔日情人早已被折磨致死。长诗的第一部分到此结束。

第二部分，悲愤的亚诺什从伊露什卡坟头的玫瑰树上摘了一朵玫瑰花珍藏在身，重新去流浪。告别家乡之前，他再次去到伊露什卡的坟前，他低声说道：

> 你从她的死灰中生长，美丽的玫瑰！
> 你肯定是我流浪途中的忠实伴侣；
> 我要在流浪中跋涉，直到世界尽头，
> 直至我渴望着的死亡的时刻。

在第二次流浪的过程中，时刻伴随着亚诺什的是两样东西：悲伤和宝剑。亚诺什这一次的经历跟上一次大为不同，他进入的是一个神话世界。他先是用智谋降伏了巨人国里的巨人，接着清除掉黑暗国里的巫婆，又在巨人的帮助下渡过寓言洋，在仙人岛上杀死了把守三道大门的凶猛的熊、狮子和大龙，终于得以进入仙人岛。他将一直珍藏在身上的玫瑰花投进生命泉中。霎时间，奇迹出现了，玫瑰花变成伊露什卡，她复活了。亚诺什同伊露什卡紧紧地拥抱，他们的欣喜、激动之情难以用语言表达。随后，仙人岛上的仙女们围绕他们跳舞，亚诺什被推举为仙人国的国王，伊露什卡自然被拥戴为王后，他们从此在仙人国里享受着永久的快乐幸福生活，这对在尘世间难以结合的情侣终于在神话般的仙人国寻找到了美好的归宿。

《亚诺什勇士》包括现实与非现实两大部分：前半部分运用现实主义手法艺术地再现现实生活场景，后半部分充满浓厚的浪漫主义色彩，童话般的传奇大团圆结局寄托了广大劳动人民的希望与理想。

杨奇是裴多菲心目中的匈牙利民族英雄。当杨奇与心爱的姑娘分别，离开家乡到外面流浪时，遇上了一队准备远征的匈牙利轻骑兵，他马上要求参加他们的队伍，去建功立业。他对轻骑兵队长说：

真的，在这之前我只知道有毛驴，
这就够了，牧羊人的技能。
是上帝替匈牙利人创造了马和马鞍，
我是匈牙利人，有骑马的激情！

杨奇终于说服轻骑兵队长接纳他入伍做一名骑手。他换上新军服，跨上战马，立刻赢得同伴们的一致赞美：

啊，应当用什么样的语言来描写：
当杨奇穿上红色的军裤，
镶着金边的制服，面对天空的太阳，
挥动着金光闪闪宝剑的此情此景！
他的骑术也令人惊叹：
当杨奇跨上马鞍，
暴烈的战马便腾空跃起，
他却岩石般稳坐在鞍座上，

即便地震也无法使他动一动。

　　接下去，诗人又描写杨奇的勇武与机智，使他的形象更加丰满。在对敌斗争中，杨奇的表现十分出色。他们这一队匈牙利轻骑兵前去援助与土耳其人作战的法兰西国王，沿途经历了重重艰辛。在他们面对面与土耳其人作战时，杨奇显出了他的过人之处。他膂力过人，作战勇猛，总是冲在前面把敌人杀得四散奔逃。最后，身躯庞大的土耳其帕夏发急了，亲自挥刀砍杀过来，杨奇面对强敌，镇定自若，沉着应战：

　　　　杨奇并不把这当成玩笑，
　　　　他立即向土耳其帕夏发动反击，高喊：
　　　　"伙计，你的个头太大了，
　　　　站住，让我将你一分为两半吧！"
　　　　他这么说，也就这么做，
　　　　将土耳其帕夏劈为两半；
　　　　分开来倒向两边，在那匹
　　　　流着汗的战马身旁死去。

　　杀死了土耳其帕夏，杨奇又一马当先，从奔逃的土耳其帕夏儿子手里救出法兰西公主。为了表彰杨奇的战功，法兰西国王赐予他"亚诺什勇士"的光荣称号。

　　裴多菲在长诗里继续对这一英雄人物做深层次的描写，指出他不仅有勇猛的一面，还善于运用智慧去打败对手。当亚诺什来到巨人国时，他看到蚊子大如牛，半片树叶可做件大衣，乌鸦像乌云那样大。他站在巨人面前，显得那么渺小。但这并没有把他吓倒。他知道用武力是战胜不了巨人的，便动用智谋。巨人国国王在比赛中死去后，余下的巨人们要奉亚诺什做他们的国王：

　　　　一个最老的巨人向亚诺什哭着说：
　　　　"请饶恕我们吧！国王，主人！

> 我们奉你为国王，如果你肯饶恕我们，
> 我们会像奴隶一般服从你的命令！"

亚诺什自然不会做他们的国王，但他明白，必要时巨人们的帮助又是不可少的，因此，在巨人们满足他的要求，答应听到笛声便前来听命后，亚诺什就带上巨人们赠送的笛子，带着祈求幸福的愿望继续上路了。果然，在前进的路途中，他得到巨人的帮助，渡过了寓言洋。亚诺什知道仙人岛就在眼前，那里是世界的尽头，也是他追求的幸福所在，他不顾一切危险上前。面对护卫三重大门的猛兽，他先是勇猛地杀死了三只长爪大熊，第二天又用剑刺杀了把守第二道门的三头凶残的狮子，在他走向第三道门时，他的体力已经所剩无几了，而挡在他面前的却是一条一口能吞下六头大牛的巨龙。此时，他知道不可力敌，只可智取了：

> 在战斗中，他展示了自己的勇气，
> 同时他也显示出自己的聪明机智，
> 他明白使用宝剑刺杀毫无用处，
> 必须采用别的办法战胜巨龙。

最后，亚诺什采取摘心的办法，从巨龙腹中刺死它，然后从龙腹中爬出来，推开大门，他抬眼望去，看到的正是美丽的仙人国。

裴多菲在充分展示亚诺什的英姿、勇武和机智的同时，也着力描写他具有崇高的思想品德。亚诺什坚决拒绝加入强盗团伙，也不贪图强盗们的不义之财。亚诺什的令人崇敬的高尚品德还表现在他不谋求权势和坚守在爱情上忠诚不贰的庄严誓言。当法兰西国王提出要兑现诺言，把公主许配给他，并情愿把王位让给他时，想不到竟被拒绝了。亚诺什详细向国王诉说了自己的身世和遭遇，说明他不能接受国王这份好心的原因，因为他忠诚的心与家乡的另一颗忠诚的心已经永远联结在一起：

> 我从不曾对伊露什卡说过，
> 不要将她的心给予别人，

她也不曾要求我对她忠诚，

可是我们俩知道：我们永不变心。

他还向公主表白：

美丽的公主，请不要叫我留下，

倘若我见不着伊露什卡，命运让我们分离，

那么，我不会再爱任何一位姑娘。

即使由于死神的遗忘，让我活着。

听了亚诺什感人肺腑的话，通情达理的国王和公主终于满足了他的心愿，让他乘船返回匈牙利，与阔别已久的爱人伊露什卡团聚。在裴多菲的笔下，对爱情与对祖国的忠诚在亚诺什身上得到了圆满的融合，诗人以此颂扬来自最底层人民的儿子崇高、纯洁的思想品德。

《亚诺什勇士》以大团圆作为结尾，这既来自于民间的文学传统，也来自于诗人自己美好的愿望。裴多菲以美妙的笔触，描写了最后的欢乐场面：

美丽的伊露什卡！众仙女

一齐围拢过来，惊喜地向她望去：

她们欢呼她做王后，

还同时推举亚诺什为国王。

美丽的仙人国各民族，

倚靠着伊露什卡爱情的胸怀，

直到今天，亚诺什勇士

依然是欢乐的仙人国的国王。

《农村大锤》和《亚诺什勇士》表明，裴多菲在向民歌民谣学习，在充实并进一步丰富自身的艺术创作方面又取得了积极的成效。他在大型诗歌创作上也显露出不同一般的才华。这两首长篇叙事诗的创作成功，还最终打破了当时匈牙利诗坛上反映贵族地主阶级思想、文学趣味的浪漫主义诗歌一统天下的局面，开拓了反映平民思想风貌和艺术品位的现实主义长篇叙事诗的创作之路。

应该说，在民间流传的关于库库理查·杨奇的故事还是比较简单的，裴多菲在这个基础上对这个人物形象进行整理、加工，并对某些部分进行改造，运用整齐的四节带韵脚的诗体形式进行重新创作。可以说这是一部运用民间传奇进行艺术创作的成功典范，是诗人在匈牙利文学创作上的一大创举，为后人的艺术创作树立了一个榜样。

使徒（长篇叙事诗故事梗概）

　　裴多菲创作的第三部长篇叙事诗是《使徒》。这部长诗可以说是裴多菲一八四八年三月至九月间政治斗争体验的产物。与《亚诺什勇士》采用四节韵律诗体不同，《使徒》运用的是比较自由的叙述诗体，它也不同于前者的描写富于民间传奇色彩的英雄人物，它刻画的是现实生活里的革命者。如果说《亚诺什勇士》里的主人公在非现实的仙人国找到幸福归宿，全诗以大团圆结尾的话，《使徒》里的主人公在现实生活中的命运则以悲剧作结。值得一提的是，裴多菲除了在两首长诗中都深信人民力量这一点外，在《使徒》里更明确地提出了民主、共和、反教会、世界自由的思想，因此，匈牙利当代著名诗人伊耶什·久拉说："《使徒》是诗人的思想宝库。"在匈牙利文学史上，《使徒》可以说是第一部这样的作品：它不是统治阶级阵营中的作家出于良心发现，描写暴君残酷的统治给人民带来的灾难，而是由平民出身的诗人以亲身经历来诉说被压迫的人民大众的苦难。当然，裴多菲不满足于只是记录专制暴政的野蛮和人民的贫困，他还指出通过革命方式解决社会问题的必要性，这是《使徒》重要的思想意义所在。

　　就题材而言，《使徒》叙述了革命者西尔维斯泰尔的一生。西尔维斯泰尔肩负传播民主思想的使命来到劳苦大众之中，作者这样赞颂他：

　　　　你是一盏明灯，给别人送来光明；
　　　　你就这样耗尽自己的一生。

　　他用奔腾的河流来比喻西尔维斯泰尔：

　　　　我说……倘若我能描绘，
　　　　我把他描绘得像条小河，
　　　　从那荒僻的悬崖中落下，
　　　　在那狭窄的山谷中流过，

嘈杂的乌鸦在那儿栖息，

急浪拍击着岩石，

浪花的泡沫怨诉着。

作者赋予西尔维斯泰尔如下特征和品德：对人民无限热爱，对敌人刻骨仇恨，勇敢、坚定、果断和勇于自我牺牲。裴多菲笔下的西尔维斯泰尔坚信人民的力量，坚信为人类进步与自由而进行的斗争必将获得胜利。作为推动社会进步的斗士，他没有停留在对世界的解释上，而是为改变现实世界做出了不懈的努力。他面对势力强大的封建制度从不畏惧、退缩，表现了革命者的高贵情操。

主人公同封建社会的矛盾冲突是这部叙事长诗的中心。裴多菲分四个阶段表现了西尔维斯泰尔同封建恶势力的斗争。第一阶段，在侍候少爷时偷着读书，十六岁的西尔维斯泰尔对屈辱的地位从不满发展到对大老爷的反抗，最后离开老爷的家；第二阶段，西尔维斯泰尔学习结束后当上村里的公证人，他宣传群众，教育群众，引起地主老爷和神父的不满，他们联合起来把他从村里驱逐出去；第三阶段是他进了城，从事写作，反对暴政，因此被投进监狱；第四阶段是他刑满出狱后暗杀国王。

西尔维斯泰尔所走过的人生道路同他所处时代和个人经历密切相关。他是少爷的小仆人，经常受到辱骂，愤愤不平的他不免产生各种疑问：

贵人有什么权利打我？

人有什么权利打人？

上帝创造了人

不是平等、相同的吗？

当然，从他幼小的心灵里萌发的这种人与人之间的平等要求，还只是某种自发的朦胧的观念，当他离开老爷的家时，第一次感到了自由，但另一种残酷的现实生活又迫使他去思索人生的目的，开始领悟人生的真谛：

什么是生活的目的？是幸福！

它的手段呢？是自由，
我要为自由而斗争。

他结业后，毅然拒绝留在城里做官，志愿到乡村当公证人，引导人民去争取自己的权利：

让我祝贺你们，人民！
我做你们的教师，做你们的教父！
从摇篮时代起，你们应该记住什么呢？
应该记住你们的重大的义务。
现在，我来教导你们如何取得做人的权利。

他的行动必然触动封建统治者的利益，他的言行一天天地引起村里代表封建势力的神父和贵族地主老爷们的恐惧与憎恨，他们意识到：

假如公证人活着，
他们就要灭亡。

在神父的煽动下，村民对年轻的公证人产生了误解，他不得不离开村子。但他在城里同妻子度蜜月时，也没有沉湎于个人的幸福生活，良知在敲打着他的灵魂：

醒来吧，你生来不是为了你自己，
而是为了千百万人民！
你是否忘记了你的使命？
起来吧，起来吧，开始你的工作！

他一家四口终年生活在极度贫困之中，最后，孩子因饥饿而死去。即使这样，他的信仰仍然毫不动摇。几经周折，他的书终于秘密发行了，书里写的是什么呢？

写的神父不是人，

是魔鬼；

国王不是上帝，

是凡人；

人和人必须平等；

在上帝面前，

都应该是自由的人，

而且对于人类创造世界的天职，

也要给予自由的权利。

但是，在那个人们思想被禁锢，书刊检查制度严厉的社会里，"能够出版的书，／不能给人以指导，／能够指导人们的书，／绝不能出版"。因此，全国各地都在秘密传阅他的书，"饥渴的世界贪婪地吞食着这清新可口的饮料"。然而垂死的统治阶级却认定他的书侮辱宗教和国王，煽动人民起义，以莫须有的罪名对他进行公开的迫害，一些胆小怯懦的人也随声附和。西尔维斯泰尔被捕入狱了，在狱中：

他告诉奴隶们——

创建一个公正的社会，

人与人之间，

享受着平等和自由！

假如有谁骗取了自由，

必须同他进行殊死的斗争，

人民才能获得真正的自由！

西尔维斯泰尔被关了十年，在狱中受尽了肉体和精神折磨，但始终坚持自己的信念。当他刑满获释，重新获得自由时，依然惦记着祖国和民族是否获得了自由。这时的西尔维斯泰尔已经家破人亡，更可悲的是他的思想仍然不为人们所理解，他看到：

> 十年来，他的民族
>
> 在世界上，
>
> 变得愈来愈弱小。
>
> 人类的尊严一天天堕落，
>
> 暴君却一天天增多。

在这一严酷现实面前，他萌生了一个新的行动计划，那就是只身一人去对付统治者，用牺牲个人的生命来换取人们的觉醒。他枪击国王，最后被送上断头台。西尔维斯泰尔以勇敢的行为实践了自己的理想和信念，但他个人的英勇行动却仍然没有得到人们的理解与支持。西尔维斯泰尔从思想上萌发反抗封建势力意识到明确争取资产阶级自由平等权利，最后单枪匹马刺杀封建制度的总代表——国王，在这一过程中，他表现了作为资产阶级革命者在当时历史条件下所具有的许多优秀品质，同时也暴露了他致命的弱点，他脱离群众孤军奋战，历史的局限性造成了他个人最后的悲剧结局。

西尔维斯泰尔的悲剧最主要的教训是，即使是伟人，倘若得不到人民群众的理解与支持，其革命目标也难以实现，美好的理想终将成为泡影。西尔维斯泰尔的形象就是孤立于人民群众之外的悲剧式革命者的典型例子。裴多菲通过这一人物形象来提醒左翼革命人士，在任何情况下都不要脱离人民群众，必须长期地在人民群众中间展开活动，去做启蒙、阐释工作，从精神桎梏中解脱出来的人民群众才是不可战胜的革命力量，那些单靠个人行动以图改变现实的好汉，不可能真正改变历史。

《使徒》从结构形式到语言应用，都有自己的特色，是诗人呕心沥血的艺术结晶。它虽是叙事诗，但其中又不乏抒情诗的激情。叙事与抒情同环境、行动、心境、情绪的变化结合得十分自然，表明诗人的诗歌写作达到了相当高的水平。

阿兰尼·亚诺什
（一八一七年至一八八二年）

十九世纪下半叶具有代表性的著名诗人，是裴多菲的挚友；他们志同道合，为匈牙利诗歌发展做出重要贡献。

阿兰尼出生在农民家庭，在家乡接受中等学校教育，成为知识分子。他曾参加一八四八年至一八四九年革命，革命失败后被迫隐居。二十世纪六十年代后复出，曾任匈牙利科学院书记。

阿兰尼的诗歌代表作是以十四世纪历史上的勇士多尔第·米克洛什为题材的长篇叙事史诗《多尔第》《多尔第的爱情》和《多尔第的晚年》。阿兰尼创作的诗歌、歌谣及这三部力作奠定了他在文学史上的重要地位。阿兰尼诗歌创作以细致、动感描写著称，语言生动，词汇丰富，极富民族、民间特征。

答谢裴多菲 [1]

如同断弦扬琴发出的声音，
我思绪纷乱，心感不安，
我缘何得到如此大的鼓励？
赞誉应当属于我的朋友裴多菲。

我的作品不值得获此荣誉，
只是上帝的幸福降临我身上！
倘若我描叙的希望不能实现？
我就将此不值一文的作品付之一炬。

我获得太多的光环，
会使我对前面的路感到模糊，
当然，我心里清楚，在事业上，
我们是志同道合的挚友。

你询问我是何人？我是人民的儿子，
我愿为同时代人民生与死；
共同的命运，相同的遭遇，
人民在家里会吟诵我的诗歌。

我迈出家门，走遍祖国大地，
我乘坐的车子不幸翻倒在路边，
在我结束旅程返回的时候，

---

1 一八四七年二月，裴多菲阅读了阿兰尼的长篇叙事诗《多尔第》后，大为
称赞，立即动笔给阿兰尼写信，表示祝贺。此后，两位诗人书信往来不
断，结下志同道合的深厚友谊，成为文学史上一段佳话。

采撷回家的是几株带刺的花朵。

我十分关心我的旅友，
我们曾经结成友谊，
可是他们却瞧不起我，
我就把编织的桂冠撕碎。

我最终寻觅到珍宝，也就是家庭幸福，
对此必须用心保护，
在伊左河[1]畔，我寻找到忠实朋友，
对他我不敢抱有太多希望。

你的来信如同彗星降临我窄小的家，
在我心中发光，燃起火焰。
如果你见到汤巴[2]，请以我的名义，
对他说："裴多菲爱我，同时也爱你！"

---

1 伊左河：诗人家乡的一条河的名称。
2 汤巴：诗人的挚友，同时代的诗人。

蜜蜂浪漫曲

就在窗前，有朵
五月玫瑰在绽放：
展示美丽的花蕾，
吐露出诱人的清香。
来了一位蔚蓝眼睛的姑娘，
她需要采撷花枝，
编织一顶花冠，
婚期就订在明天。

停留在花朵上的小蜜蜂，
抱有这样的希望：
"美丽的姑娘，
且莫摘取这朵花儿，
它是我替自己
寻觅到的一朵花，
就在它开放的瞬间，
我就深深地爱上了它。"

姑娘这样回答：
"你这小小淘气家伙，
类似的玫瑰花朵，
你可以寻找到上百朵，
它们明天就要开放；
明天再来吧！
那时候你就可以
寻到你最喜爱的那一朵。"

小蜜蜂发出嗡嗡声：
"美丽的金发姑娘，
愿上帝保佑你！
你会拥有一位忠诚爱人！
我只有一桩小小要求，
那就是：
请不要将我最喜爱的
这一朵花儿摘走。"

姑娘回答：
"为啥不能摘走？
佩戴不上玫瑰花，
我就当不上新嫁娘，
摘下头一朵插在桂冠上，
插上花朵的桂冠，
明天的婚礼上，
它就会展示在当场。"

姑娘边说着，
顺手就去
摘取那朵玫瑰，
并且就插在花冠上。
小小蜜蜂，
飞落在姑娘手背上，
狠狠地吻上一吻，
姑娘脸色瞬间变得苍白。

姑娘说："你这坏家伙，

不要刺伤我！
拿去吧，
这是我刚刚摘下的一朵！"
蜜蜂回答："对我没有用啦！
金发姑娘，
留下它吧，
插进你编织的花冠上。

"要不然，
桂冠怎会散发出醉人的清香。"
小小蜜蜂，
感到十分悲伤；
它满怀情感，
为了钟爱的恋人，
在它心中，
留下莫大的伤痛。

小小蜜蜂，又在
姑娘眼睑上狠刺一针；
姑娘痛苦地呼喊着，
悲伤哭泣，泪水涟涟。
小小蜜蜂，
也牺牲自己的生命，
它飞落在迷迭香树下，
悄无声息地死去。

美丽的姑娘
哭声一直不止，
哭肿了眼睛，

又怎能参加婚礼。

月儿圆了，

姑娘眼肿未消，

就在此时此刻，

钟情人离开了姑娘。

国民军士兵之歌

我帽子上插有民族色彩[1]的玫瑰，
嘴上响着孩童的亲吻；
宝贝不用害怕，我不会走向远方，
我是国民军的一名士兵。

我用不着别人捆绑着去当兵，
我自愿在战旗下参加作战，
美丽的匈牙利，我的母亲！
我永远忠于您，直至死亡。

我决不会将自己灵魂出卖，
它比四枚金币更为贵重；
我手中还存有五六十枚金币，
一旦需要，我就将全部献给祖国。

给我的战马配上马鞍，
谁也休想夺走我的军刀，
心中烦恼我自己解决，
无需旁人为我解除痛苦。

我昂首阔步行走，
用不着别人帮助，
为了自由，哪怕它多么渺小，
我愿意保卫祖国直至死亡。

---

1 民族色彩：指匈牙利国旗的红、白、绿三种颜色。

四月十四日

一条道路，一个终极目标：
要么活着，不然就是光荣死亡。
起来投入伟大的斗争，
道路已经敞开。
我们神圣旗帜上书写着：
起来斗争的人才是幸福的人，
谁人犹疑不定，
谁就不会获得真正的幸福！

我们的口号是：独立！
终极的目标是：自由！
真正的独立与自由，
仅此而已，别无所求。
长时间待在温室里，
自由不会自动生长，
朝着我们奔来的是活着或者死亡，
我们需要的是：真正完整的独立、自由。

我们难道不该为不再受奴役而行动？
为什么还要进行讨价还价？
为什么要诽谤那些在斗争中
获得胜利的英雄？
为什么要让爱国者的
鲜血，流淌在血腥的战场？
为什么在绿色谈判桌旁，
不让常青藤茁壮生长？

光荣永远归于真正的自由，
我们为什么还要后悔？
我们将要获得一切，
为什么不将它牢牢把握？
全世界都在注视着我们，
我们将要付出全部力量，
在坟场或者凯旋门
支撑起光荣的立柱！

我们满怀激情前进！
裹足不前者不会获得幸福。
我们的旗帜上书写着：独立、
为自由而斗争！
起来投入伟大的斗争，
道路已经敞开。
一条道路，一个终极目标！
要么光荣地活着，要么就是死亡。

我们要做什么？

乡亲们在做什么？
在锻造大镰刀吗？
用不着再造大镰刀，
我们要锻造的是枪炮弹药。

我们挥着大镰刀，
沾满敌人的鲜血，
在宽阔大草原上割草，
堆成垛草堆。

在血红的晨曦中，
让我们的大镰刀得到沐浴；
我们敢于出生入死，
保卫祖国神圣土地。

家

夜幕静悄悄降临大地，
桑树树冠在黑夜中摇曳，
夜里飞翔的甲虫不时撞墙，
发出响声后便又恢复平静，
地上土块形状变得修长，
癞蛤蟆就在土块上跳跃，
蝙蝠在角楼椽子下面飞翔，
猫头鹰站立在古老、残破塔尖上哀鸣。

一头乳白色母牛在院子里泛着白光，
家庭主妇此时刚挤好奶，
这头好乳牛正在静静地吃草料，
似乎不关心身边饥饿的小牛犊，
一只猫咪不紧不慢地走来，
伸伸腰，一点也不想捕捉老鼠，
它停下脚步，四处张望，
突然"咚"的一声跳到院子前面去。

炉膛里的火光朝着开着的院门闪亮，
仿佛对来访者展示欢迎，
门口躺着一头大黄狗，
它前腿爬在门槛，头搁在爪子上，
主妇从奶房端来一杯鲜牛奶，
递给要求喝奶的孩子。
随后便同孩子们嬉戏，
仿佛一轮明月在家中闪亮。

一位如同天空美丽星星的
待嫁姑娘，她生火，准备好熨斗。
炽热的熨斗熨平整新衣裳，
熨呀，熨呀！明天是美好、幸福的节日。
围在她身旁的孩子们要求她讲童话，
他们边剥土豆和豌豆，随手
又把枯干的豆荚投进炉膛，
升起来的火焰照亮孩子们圆圆脸膛。

年纪最小的孩子，边吃面包，
边用燃烧的火棍勾画火蛇。
那个大孩子心无旁顾埋头阅读，
看来他长大成人会当上神父！
做父亲的再三殷殷教导，
可是他总不习惯于做祷告。
他喜欢诗歌，更醉心于民歌；
他热心吟诵，还努力创作诗歌。

回到家的主人将工具放在地上，
解下背包挂在墙壁钉子上，
孩子们高兴地掏着背包，
希望从里面找到剩下的面包。
"哎！是什么？……一只兔子！"
先摸着的孩子大声呼喊。
孩子们兴奋得整夜难以入眠，
明天将会用白菜叶替小白兔设置盛筵。

主人又将度过一个美好的夜晚，
他坐下伸伸腰驱散全身的疲劳，

用衣衫拭去脑门上的泥土，
额角布满岁月劳累刻下的皱纹。
当他面对一群围拢在身边的孩子，
欢乐立即抹去他面额上的刻痕；
他忘却忧愁，掏出烟管伸向炉膛，
妻子用温和的话语消除他的苦楚。

手脚麻利的主妇，给亲人
端来大碗小碗的食物，
先是在丈夫面前安放桌子，
食物一一摆放在桌子上，
主妇和孩子们都用过晚餐。
丈夫对妻子说："亲爱的，你陪陪我吧！"
要是大家一同用餐会增添饭量，
他边说边将熏肉、鸡翅分发给孩子们。

"孩子，瞧瞧去，谁在敲门？"主人说。
夜深了，是否是穷人在外讨吃食？
为什么不留住无家可归的人？
难道任由他经受风雨的击打？
女儿从门口引来一位流浪汉，
他是一位负伤士兵。"晚安！"他对主人说。
"愿上帝赐给你们更多食物，
并给你们全家以祝福！"

主人回答说："要是桌上食物不够，
亲爱的，快添上，再拿来一壶酒！"
主人邀请客人在他们中间坐下，
他就不客气地接受热情款待；
盘子里香喷喷食物使他不再受饥饿，

清凉饮料又解除他干渴。
风卷残云般将食物一扫而光，
这就是匈牙利祖辈留下的好传统。

他们陪同客人用完晚餐，
此时，客人不再感到困倦，
于是开始攀谈，他的话语轻缓，
却如同溪水般汩汩涌出；
他讲说为自由斗争流血的时日，
胸中热血沸腾，面孔赤红，
热泪滚滚而下，
许许多多人就沦为乞丐[1]。

客人诉说一心想返回祖国，
以及回来途中经受的苦难；
大家静静地听着他的诉说，
那位美丽姑娘尤其关注，
最后终于羞怯地开口询问：
"可知道阿哥落在何方？"
她三年来一直在打探消息，
再等一年，不论婚嫁。

夜深人静，炉膛火灭，
大家在寂静中合上眼睡去，
疲倦的孩子支撑不住，
一个个倒在母亲怀里入眠。

---

1 匈牙利一八四八年至一八四九年争取独立、自由的革命斗争失败后，许多
青年先是逃亡国外，后又陆续返回，沦为无家可归者，过着贫困苦难的
生活。

客人话少了，陷入深深的沉思，
猫咪发出呼噜呼噜的声音。
他们将一张草垫子安放在地板上。
蟋蟀叫声在寂静中回响。

吟唱诗人

北风在树丛中呼啸，
枯黄的落叶四处飘落，
恰似一群小鸟遇见鹞鹰，
张开翅膀往树林里逃散。

是谁踏着落叶，
在荒野里到处流浪？
他是谁？在他走过的地方，
风立刻将他的足迹抹去。

难道他没有安稳的家？
家中没有能带来温暖的炭火？
炉膛里没有燃烧，
散发出热能量和光亮？

何处有等待的亲人，伸出
热情的手臂、幸福安稳的家？
会不会有孩子围绕身旁，
要求讲述故事，一同嬉戏？

只有一张孤独的竖琴，
奏响苦难的催眠曲；
竖琴发出冷冷的声音，
可否是意味着已经失去希望？

朋友们！那是曾经有过的故事：

彼此熟悉的人们围坐在炉膛旁，
温和的主妇成为家庭中心，
怀里搂抱着一群小宝贝。

竖琴永远不会停止奏响，
从早晨到夜晚都在歌唱，
幽灵随着歌声朝天空飞去，
被颠倒的世界将会获得重生。

如同山鹰冷酷的大自然，
碧绿的颜色更加鲜艳，
峡谷里的平原吐露诱人气息，
花蕾就如同明亮美丽的珍珠。

溪水清澈透明如晶体，
浓密森林形成天然屏障，
冷漠山岩披上金色衣裳，
山间泉水如眼泪般流淌。

从高山山巅到深深河床，
处处生机勃勃，
草、树林重获青春，
歌声在荒原、山谷回荡。

暖风驱散了冬日的寒流，
阿尔弗勒德岸边芦苇丛沙沙作响，
蒂萨河河水汹涌流淌，
群山山巅是它的发源之地。

歌声嘹亮，风暴挟卷着

风朵滚滚而来，
撞击着教堂圆形立柱，
教堂穹顶也为之颤动。

倘若科培兹琴[1]奏响，
云彩幻化的雄狮也不作声，
默不作声，欢快地
越过山巅而去。

随着刮起的草原之风，
卷走科培兹琴发出的声音，
挟持着胜利者的欢乐，
在空中营造出种种幻象。

飞落树枝上的夜莺，
不好意思窃听甜蜜歌声；
它飞向荒郊，躲藏着
吟唱低劣的歌曲。

他以往的粗犷声音，
变得平和、温顺。
科培兹琴声淹没一切，
现今只奏响一种曲子。

他吟唱贫困与饥饿，
吟唱躺在病榻上的人类，
伴随着歌声的是眼泪，

1　科培兹琴：匈牙利一种民间乐器。

从歌声中认出了自己。

他歌唱幸福，
幸福就预示着荣光，
心中的欲望喷发而出，
仿佛在燃烧自己。

他为广阔草原
发生变化感到高兴，
溪水流动，寂静无声，
老鹰在夜莺出没的林中噪叫。

吟唱诗人在寻找原来的茅屋，
废弃屋里埋藏着敬奉的圣像，
他寻觅着，奔跑着，
却再也找不着原来的路径。

现实如同一位恐怖的幽灵，
把他视为敌人般紧紧追踪，
习惯于宁静环境的大群小鸟，
就远远地离他而去。

吟唱诗人的竖琴悬挂柳树枝头，
任凭风暴吹打，发出粗犷、狂乱的声音。
狼和野狗都惊恐地逃离，
哞哞呼叫的是已经怀孕的母牛。

吟唱诗人无家可归，流浪，

广阔的草原无他落脚的地方。

悲凉的秋风抹去他流浪的足迹，

追缉者寻找他……见到的是留下的尘埃。

古老的塔楼 [1]

从前，小城纳吉索伦塔楼颇有名气，
不过，它现在更负盛名！
它曾经是自由战士的避难所，
三百名战士就居住在那里。

残破的古老塔楼高高直插云端，
塔尖上驻留着西落的阳光，
那是西沉太阳的回望，
仿佛是先辈们流淌的鲜血。

何故太阳光往回张望？
是不是预示着出现不祥？
上帝保佑！它预示着
我们将经受风风雨雨。

唏！就这不显眼的高塔楼，
人们曾付出过宝贵的鲜血！
为了祖国，战斗的人们啊！
要一定坚持到最后时刻。

人们付出全部辛劳，
才建造了这座古老塔楼，
它堪比巴比伦宝塔楼，
高高耸立，留住着往昔的时光。

1　据传古塔始建于一六二〇年间，一六五八年被入侵的土耳其军队毁坏。

鹤鸟单腿站立在塔楼尖上，
古塔是猛隼和猫头鹰的巢穴，
鸽子也在这里做窝，
它们习惯了共处，互不侵犯。

古老塔楼上留下鸟儿的足迹，
经受着时光风暴的击打，
不停的激烈的锤打，
如同钉锤击打发出电光。

残破垒墙经受风雨夜的洗礼，
如同女巫成群结队在翩翩起舞，
这是黑夜的狂欢呵！
第二天垒石就一块块掉落。

世 界

世界如同一辆破车，
走着，但已经走不远了；
它的车轴断了，车轮脱落，
它再也走不远啦！

世界如同一领陈旧披风，
肮脏、发霉、布满尘土，
洗了缝，缝又洗，破损已极，
洗缝后，线又断裂了。

世界如同湖岸的一座磨坊，
海水有时候往湖里倒灌，
湖水有时候干涸了，
磨坊就无法转动。

世界如同一位年迈琴师，
已经弹奏不出新曲子，
一支曲子只能弹奏半支，
一天忘记一支，统统忘掉。

世界如同一间破败客店，
人们冬天、夏天都可以在此栖身，
冬天冷得发抖，夏天热得冒汗，
不过，黑夜还得在这里受煎熬。

世界如同一位醉汉，

每走一步就东歪西倒，

却幻想着穿越高山峡谷，

走平地却都歪歪倒倒。

被遗忘的房屋

草原上有间孤寂的小屋，
静静的院子里杂草丛生，
一位陌生人从屋前经过，
他问道："唏，屋里可有人吗？"

"有人吗？"他又再问一遍，
可是屋里没有人答应。
屋里、院子里空空荡荡，
一点也没有活人的气息。

屋门前有条小路，
这里不收留诚实的过路人，
院子里杂草丛生，
一不小心会把人绊倒。

在坍塌的坟墓上，
鹤儿发出凄厉的叫声，
强劲的北风呼呼作响，
井边的吊桶叮叮当当。

有时，屋里会传出呻吟声，
窗户更是发出长长的叹息；
白天，孩子们绕道而走，
夜里，小偷也远离而去。

我放下我的七弦琴

我需要休息，放下我的七弦琴，
谁也不要期待我歌唱，
美好的理想已从心中消亡，
现在，我再不是从前的我。
我的心如同死水般沉寂，
不再燃烧、散发出热量，
从何而来，要奔向何方？
啊，我青春的心灵！

天边朝我发出微笑，
大地披着教士的黑衣裳在行走，
小丛林中鸟儿在歌唱，
我的歌会招来鸟儿的欢唱。
晚风送来阵阵微微的清爽，
草地上的花儿散发出迷人花香，
从何而来，要奔向何方？
啊，我青春的心灵！

不，不，我仍然在孤独地歌唱，
在竞争中琴声铮铮作响，
手指在琴弦上不停跳动，
艺术家友好的眼睛闪烁着忧虑，
我的激情火焰在燃烧，
根根琴弦发出同一的声音，
从何而来，要奔向何方？
啊，我青春的心灵！

我们歌唱未来和希望，
也曾诉说往昔的哀怨，
我们曾经一度用光环
给祖国和民族编织桂冠，
我们每首歌如同绿叶和花朵，
编织成的桂冠就戴在祖国、民族头上。
从何而来，要奔向何方？
啊，我青春的心灵！

瞧啊！穿越古老坟茔的荣誉，
是往昔回照的光芒；
我们思念着祖国和人民，
永生的祖国也怀念我们，
相信编织成的桂冠，
不仅仅是只献给诗人。
从何而来，要奔向何方？
啊，我青春的心灵！

现如今孤独何所指？
是死亡歌曲的灵魂……
是从坟茔里跑出来的幽灵……
跟随着死神往高空升腾？
如同一块绣花的遮尸布，
在旷野里发出呼喊声。
从何而来，要奔向何方？
啊，我青春的灵魂！

我放下沉重的七弦琴，
是谁对弹奏的歌曲深感兴趣？

有谁喜欢即将枯萎的花朵?

瞬间连枝条也会干枯,

倘若树的生命也已到尽头,

树上的花朵必将凋零。

我的情感将何所依托?

啊,我青春的灵魂!

夜 莺

在古老的年代里
匈牙利流传这样一句谚语：
"谁想打官司就要打到底！"
（当然，那个年代并不久远。）
在蒂萨河河岸上居住着
两个地主，彼此是邻居；
一位叫彼得，另一位叫帕尔，
下面讲述的就是他们之间发生
的故事——
从欢度历书定下的节日来说，
彼得和帕尔彼此和睦相处，
显示他们是一对好朋友，
从来没有产生过矛盾和冲突；
然而围绕着两家院子，
人们见到的是另外一番情景：
他们争吵，叫喊声不绝于耳，
院子几乎被吵翻天，
恰如土耳其人留下的一句咒语：
他们成为一对"不和睦的邻居"。——

倘若帕尔家的烟囱冒出了烟，
彼得马上大声咳嗽；
倘若彼得家的老母鸡
用爪子轻轻地搔着地面，
帕尔此时恨不得
一脚把院墙踢倒；

他们大吵大闹。

声音远远传到村外去。——

这家大声嚷嚷，那家也不降低音量，
两家人不论老人与小孩，
无一不参加这场争吵谩骂；
如同他们两家的狗一般，
隔着院墙狂吠，
准备着战斗、撕咬。——

好啦！现在让我叙述事情的始末：
不知道从什么时候开始，
人们发现在帕尔家的院子里，
生长着一棵枝茂叶盛、高大的核桃树，
有根枝条伸向彼得家的院子，
树上的成熟果实就落在他的院子里，
彼得没有砍掉枝条，
心安理得认为这都属于自己。——

事情发生在某个礼拜日：
飞来了一只夜莺，
在这棵共有的树上落脚，
它将核桃树视作圣坛，
每天清晨，就运用
最美好的歌喉赞美上帝！
感谢上苍！
感谢黎明！
感谢阳光和露珠！
感谢清香和微风！

感谢翠绿可爱的树丛！

感谢在树丛中孵卵的伴侣！

夜莺内心

充盈着幸福与欢乐，

这里所有的华丽、荣光，

彩虹、一切一切的光亮，

不论是它内心向往的，

或是周围环境向它展示的，

——丝毫不成问题，

这里的一切都为它而生，

自然都属于它所有。

恰好此刻，

帕尔先生听见了，

他高兴地叫喊：

"我的上帝！

我的这只夜莺，

歌声多么美妙动听！"

"你那里只是夜莺的影子，

你要是不承认，我就要开骂……"

从院墙的另一边，

传来彼得粗鲁的话语。

帕尔大声叫喊："你说夜莺是谁的呢？

它难道不是停留在我院子里的树上吗？"

彼得反驳："它的歌声可是落在我院子啦！

它的歌声怎么能归属于你呢？"

帕尔大声回答："绝不让步！"

彼得调门更高："一步也不能后退！"

俩人先是叫喊着对骂，

紧接着是用棍子对打，

帕尔甚至越过院墙，

一肚子怒气无法宣泄，

他们彼此揪着头发撕打，

如此这般度过节庆日子，

尽管已经打得血流满脸，

谁也不肯罢休。

帕尔跑到法院去告状，

为的是要对彼得进行报复；

他鼻子流着血去见法官，

鲜血会证明他多么痛苦。

诉讼这就开始：

他声明决不放弃权利，

哪怕一步一跑，

也要告到国王那里去；

核桃树上传来夜莺的歌声，

永远不可能属于他人所有。

为了强调这一点，增添诉状分量，

他就将一枚金币，

放到"真理天秤[1]"上去，

法官立即把金币放进口袋里去。

彼得哪肯罢休？

他认为自己手中掌握着伟大真理。

他有话要诉说，

便急忙跑到法官那里去。

他一五一十诉说事情原委。

---

1 "真理天秤"：指法官。

他着重说明夜莺歌声属他所有，

哪怕是州督、法官，

都不能夺走他这份权利；

谁告状也不成，

在上帝和人类面前，道理

同样清楚。——

为了话语简明扼要，

诉说更具有分量，

挨打一事就不再提起；

只在"真理天秤"上添加一枚金币，

如此这般，金币就顺顺当当

落在法官左侧口袋里，

那是最贴近心脏的地方。

人们终于等来了，

诉讼审理的日子，

只是不知道，谁家

会打胜这场官司。

现在，主审法官已经上了年纪，

不免头脑糊里糊涂，

况且，两位律师助理，

他们翻阅了以往案件审理记录，

还有官方的法律文书，

对于这桩案件，

也就是，

有关夜莺歌唱的官司，

法律如何审理一点也没有记录。

为此，法官勃然大怒，

指着帕尔和彼得的脑门，

拍拍自己的口袋，

对这桩夜莺歌唱诉讼，

做出如下判决：

"你们两个可要听清楚，

夜莺不替这边院子歌唱，

也不替那边院子歌唱，

夜莺（拍拍自己右边口袋）是为我歌唱，

它是（又拍拍左边口袋）为我歌唱。

你们就快快滚开吧！"

当然，现在这样的事情不会再发生，

谢天谢地，这真是太好了。

邻居们彼此不会吵架，

亲朋好友，

彼此和睦相处，

匈牙利人最害怕打官司，

分家也好，协议也罢，

有事好好商议解决。

我们祖国的兄弟姐妹，

彼此间洋溢着友好情谊，

大家一律

都是好朋友。

不会为了一些芝麻小事打官司，

彼此打打、杀杀不休。

不会出现如此愚蠢的事件。

倘若真的发生这种事情，

现今什么地方也找不着

审理夜莺歌唱诉讼的法官和律师。

多尔第（长篇叙事诗故事梗概）

据史料记载，在匈牙利十四世纪国王拉斯洛的宫廷里，有一位勇士多尔第·米克洛什，关于他的英雄传奇，后人多有传颂，阿兰尼创作的英雄史诗《多尔第》三部曲《多尔第》（一八四六年）、《多尔第的爱情》（一八七九年）和《多尔第的晚年》（一八四八年至一八五四年）就是根据匈牙利十六世纪吟唱诗人伊劳什沃依·塞依梅什·彼得（一五三〇年至一五七四年）撰写的有关多尔第·米克洛什的英雄传奇内容而创作的，但在长诗主题思想和艺术形式上都做了重新创作和艺术革新。它的主题思想是：在普通环境生活的青年，也有可能干出一番有益于国家的大事。史诗通过两方面的故事情节的传奇般的展现，表现主题思想：其一，在农村生活环境长大的青年，能够突破环境的制约，最终战胜封建势力的代表；其二，在关键时刻，勇士有力量维护国家、民族尊严，战败外国对手，最终获得国王的赞誉和重用。

长篇叙事诗《多尔第》序曲，诗人这样描述主人公：多尔第·米克洛什勇士生活在十四世纪；形象高大，声如雷鸣，参与残酷战斗；三个人也拿不动他的长矛，搬不动他的投石器，举不起的标枪，见了他的盾牌、马刺，也会大吃一惊。

> 就是这个人，他值得深深崇敬，
> 无论哪个国家，都找不到这样的人，
> 倘若他现在复活，就在你们中间，
> 他的武艺犹如魔术家的表演。

以下为正文各部分的梗概：

一

炎炎夏日，阳光似火烧般照耀大地，在庄稼地里的长工们都在草垛背阴处休息，只有一个小伙子站立着。他肩扛着大木杆，朝着大路，凝望着远方，边看边思量。沿着大路来了一队人马，武器闪闪发光。小伙子心里想："匈牙利勇士们，你们是去驱逐鞑靼人，还是与土耳其人作战？我能不能跟你们一起作战？"多尔第·米克洛什的父亲多尔第·吕林茨是位勇士。胞兄久尔吉在宫廷里的王子身边长大，为人骄傲，弟弟米克洛什却在农村里跟农夫们一起干农活儿。宰相拉茨菲率领的人马，个个剽悍勇猛，看见米克洛什站在那里，就问："庄稼人，去布达往哪边走？""庄稼人"的称呼刺激了米克洛什，他举起大木杆指向前方，显示出力量。这引起宰相、大队人马的惊慌，谁也不敢跟他较量。纷纷议论："老弟，为什么不去作战？""实在可惜？"大队人马走远了，米克洛什心中不平往家回。

二

此时，家中发生了重要事情。家里的仆人忙碌着杀鸡，屠宰山羊，准备盛大宴会。原来，盛宴是为寡妇吕林茨的长子久尔吉准备的。久尔吉老爷远近驰名，是位大财主，拥有数不尽的土地、财富，带有配备武器的武士、仆人。久尔吉对母亲的热忱反应冷淡，当母亲告诉他弟弟米克洛什在地里干活儿，是否叫回来见面时，久尔吉却回答："不必了！"米克洛什听到此话，深受刺激。久尔吉瞧不起弟弟，态度傲慢，还说弟弟坏话。这引起弟弟的不满和反击，引起冲突。弟弟坐在祖屋角落悲伤哭泣。

三

久尔吉却不管不顾地领着他的一伙人在祖屋里大吃大喝，戏耍娱乐。久尔吉看见弟弟独自坐在院子角落里哭泣，就故意用话伤害他，还让他的仆人投去木棒、飞镖。最后，米克洛什忍无可忍，他就端起身下的磨石，投向戏弄他的那个仆人，死了人。久尔吉更加愤怒，下令手下人捉拿米克洛什。

四

米克洛什离家出逃，流浪，像被追逐的狼，逃躲进芦苇丛，忍饥挨饿，他就在大森林里流浪三天。人们听不到他的消息。除了哥哥，别人并不想伤害他。终于，老仆人贝采奉老母亲的嘱咐找到了他，给他带来吃食，并对米克洛什讲起他的家世、父亲、母亲、哥哥。米克洛什说，他曾听贝采说过关于他的家世，英勇的父亲的叙说。不过，现在他杀了人，哥哥把许多恶名加在他身上，他只好离开家，走遍世界。贝采劝说，三四天后，久尔吉会离开，人们就会忘记一切，米克洛什仍然是这里的主人，请求小主人不要离开老屋。米克洛什最后还是决定离开，请求贝采转告母亲，暂时忘记儿子，等待儿子好消息。说完，他就消失在芦苇丛中。

五

米克洛什不忍心就这样离开养育他的故乡，便回家要说声"再见"，在回家途中，误踏进狼窝，发现两只小狼崽，正当他抚摸它们时，却引来两头大狼的攻击。米克洛什勇斗恶狼，最终杀死了两头恶狼。米克洛什坐下思量：久尔吉处处跟他作对，谋害他，犹如一头恶狼，一心谋取他的继承权。他本可以轻易把久尔吉送进地狱，但不能这样做，相信久尔吉会遭到法令的惩罚。米克洛什背起两头死狼，往家走去。

六

米克洛什回到家，将死狼放到草地上。悄悄来到母亲的房间，怕惊扰母亲，又背起死狼，朝院子另一端走去，那里的牲口棚是久尔吉卫士的仆人休息的地方。他用长矛把卫士们的衣服钉在一起。然后朝久尔吉住处走去，准备打死久尔吉，把久尔吉送进地狱。但理智阻止他这样做。他把死狼立在久尔吉床边，显示久尔吉就是恶狼一般。随后，他朝母亲房间走去。母亲生病，米克洛什轻轻对母亲说话，怕惊醒邻屋的久尔吉。母子亲情久久未消，不忍离去。最后，米克洛什狠下一条心，跟母亲说再见后便离家而去。

他认为自己有勇气、有力量，要发扬父辈勇敢精神，要去布达，在国王面前显示高超武艺。他劝慰母亲，母亲也对他表示祝福。就在这时，看家狗的吠声惊醒众人，久尔吉也被惊醒了，认定事情是米克洛什干的，就率领人马追杀而去。母亲听见人喊马嘶，替米克洛什担心，竟昏倒在床上，许久才苏醒过来。

七

久尔吉追不上米克洛什，他复仇心未死，但最终未能实现。

再说米克洛什趁黑夜逃离了家，三天三夜，到了第四天中午，他来到佩斯，遥望对岸的布达。他来到一处坟地，那时正是深夜，他看见一处坟墓，有一位身穿丧服的妇人在哭泣。好心的米克洛什便上前询问。妇人便一五一十把捷克人杀害她的两个儿子经过细说一番。米克洛什表示同情，替她儿子报仇。那个捷克人住在多瑙河，目空一切，向匈牙利人挑战，她两个儿子应战不幸丧命。米克洛什听了她的诉说，来不及告别，就朝佩斯城方向走去。

八

久尔吉来到布达王宫，一心想剥夺弟弟的财富，在劳约什国王面前诽谤米克洛什。国王问他：为何从来不说他有位弟弟。久尔吉却说：父亲逝世时，弟弟才十岁，他很想教育弟弟成为勇士，弟弟却不务正业，成为恶棍，力大无穷却一点没有用处。国王听说，便要他带弟弟来见，久尔吉却大为反对，说弟弟杀了他手下一名勇士，不便来见国王。国王却命他带弟弟来见，说捷克人杀害了许多勇士，如果他能打败捷克人，就免他的罪……要不也会对他惩罚。久尔吉说，弟弟已出走，不知在何方，是死是活。还说，按照法律，他应当继承全部财富，要求国王判定全部财富归他所有，然后进宫享受荣华富贵。国王说，只要战胜捷克人，就答应他的"继承权"。久尔吉说，他不是谋求权力，只是去掉心理负担，实则不敢与捷克人对阵，于是便灰头土脸回家去了。

九

米克洛什来到佩斯，以乡下人的目光审视城市风光。此时，突然人群大乱，从街道上冲出一头疯狂的屠宰场的公牛，人们闪躲不及，不死即伤。屠夫带领六头狼狗追来，跟公牛搏斗，均不敌公牛。人们不敢靠近，纷纷避让。

只有米克洛什不避不让，公牛朝他冲来。

他用尽全力，抓住公牛的双角，把公牛推回屠场，其他人用绳索捆住公牛，终于制服公牛。屠宰场的屠夫们对他不礼貌，城里人也关上窗户，不理会他，他无处歇息，想到要为失去儿子的妇人报仇，要跟捷克人决斗。但如何获得武器呢？人们回避他，要他离开。他去寻找那位妇人，要她儿子留下的武器，却找不着。

十

米克洛什在梦中打败了捷克人，获得国王赏赐。当他醒来时，听到马蹄声，从远处来了一位骑者，那是老仆人贝采，是母亲派他来给儿子送亲手制作的食物的。主仆相互拥抱，诉说情怀，米克洛什尤其怀念母亲，当他用刀子切面包时，发现里面是个铁盒，盒子里装满金币。米克洛什高兴异常，有了钱，就可以购买武器和装备，梦中的希望就可能实现。主仆二人来到酒店，好好吃喝一顿。米克洛什食量惊人，他一人的食量赶上三位大汉。饭饱酒足，就趴在桌子上睡着了，显示他多么身强力壮。

十一

早上醒来，乘船从佩斯渡过多瑙河来到布达，便去寻找武器、军服，马匹就是贝采骑来的那匹最好的马。他购买装饰金彩的外套，一副铠甲，一把七枝羽翎的长锤，一顶头盔，一根标枪和长矛，还有大刀，可以说是全副武装。还有金银线装饰的马具，总之，备好一切准备作战的武器。米克洛什装戴整齐，回到酒店，跃身上马，不及跟贝采道别，便旋风般飞奔而去。布达有国王华贵的帐篷行营，装饰辉煌。

一个捷克武士从布达城堡出来，高声叫骂，嘲笑着向匈牙利人挑战。此时，从佩斯方向传来大声呼喊，一位陌生勇士骑着一匹黑马，威风地前来应战。他取下一根羽翎，国王就派人送给捷克人，交换捷克人的血红羽翎，双方同意交战。国王从皇宫出来，侍从拥着。米克洛什乘船渡过多瑙河，来到岸上。不用多说，双方开始较量。

捷克人伸出佩戴铁手套的大手，握住米克洛什的手。米克洛什不敢大意，便猛地用足力量抓紧捷克人手掌，只听咔吧一声，铁手套被捏扁了，捷克人手掌血流成河，身体软下来，跪地求饶。米克洛什心软，只要捷克人交出杀人宝剑，就饶他不死，告诫他不得再侵犯匈牙利领土。可是，当他们乘船渡河时，捷克人却企图暗中袭击，被米克洛什及时发现，最终将他杀死。

米克洛什的胜利，引起多瑙河两岸人们欢呼，声音响遍整座布达山峰，久久回荡。

十二

当国王看到米克洛什打败捷克人，捷克人跪地求饶时，十分高兴，对身边大臣、仆人说："谁也不敢侵犯我们的祖国！"又问久尔吉，是否认识此人？全国第一勇士。国王又说，总之，他拯救了匈牙利人，要将杀人凶手的那些财富赐给他。久尔吉听到此言，不觉脸色发白。国王的武士也对他显示敌意，高兴地知道他有一个杀人的弟弟。

米克洛什杀死捷克人，挑起其头颅示众。国王立即下令十二位武士乘船迎接英雄。米克洛什来拜见国王。国王说："勇士，取下面罩吧！报出姓名，显出你的真面目。"

米克洛什跪在国王面前，说："国王，我不是勇士，是个流浪汉，是个杀人犯，是胞兄逼迫我在外流浪。现在我来自首，请求惩罚，或者免去罪行。"国王听说后，拉起米克洛什面罩，见他脸又红又白，既显欢乐又悲哀，引起国王注意，便问道："你可是多尔第·吕林茨的儿子？"米克洛什回答："是！"

这时，国王就对贵族们说出下面一番话："他是久尔吉的胞弟，久尔吉却只想谋取他应得的那些财富，设法陷害他。久尔吉让孤苦的胞弟成为农夫，忌妒弟弟的神力，刺激弟弟，弟弟才击毙他的一名仆人。然后久尔吉又带领仆人追捕弟弟。"

英明的国王当面揭穿了久尔吉，让他无地自容。国王的话引起众人的共鸣。国王让米克洛什站起来，对他说："我要赐给你恩典、财产和幸福，胞兄的那一份也归于你。"久尔吉面对国王的怒火，不敢反驳。于是，国王就令他签字认可，并把他驱逐出宫廷。米克洛什对国王说："我无意于取得胞兄的那一份财富。至于自己的一份，也请国王处理。自己只想当一名普通士兵，留在国王身边，替国王服务。"国王听罢大喜，当场封米克洛什为御前侍从，赐给他骏马和黄金，并解下镶有宝石的佩剑，赐给米克洛什。米克洛什表示对国王的热爱和忠心。国王也看出他的一片赤胆忠诚。

米克洛什感到无限欢乐，一切如愿。

此时，他看见母亲越过栅栏走来，便扑进母亲怀里，互诉衷情，为见面感到欣慰。

米克洛什说：如今要跟久尔吉交换住地，他去种地，我在宫廷替国王服务。希望胞兄忘掉忌妒，好好做人。

米克洛什勇士不求别的，一心一意保护弱者、国家和国王，战绩赫赫，名垂史册。

米克洛什勇士没有留下什么巨大的财富，好让继承者争夺，他只要在世界上留下名声，就胜过牛羊、土地和金银财宝。

奥第·安德烈
（一八七七年至一九一九年）

生于没落贵族家庭。在德布雷森大学学法律，后辍学当新闻记者。他去过巴黎多次，对他的世界观产生很大影响。一九〇五年回国定居布达佩斯，从事新闻与诗歌写作。一九〇六年出版《新诗集》，号召人们起来反对那个匈牙利老爷社会，反映二十世纪初匈牙利新的现实，标志新文学的起点。他是诗歌革新的积极倡导者，匈牙利现代文学奠基人。他的著名诗篇有：《在匈牙利荒原上》《孔雀飞起来了》《在恰克·马特的土地上》《多饶·久尔吉的子孙》《无产者儿子之歌》《火的三月》《奔向革命》等，这些诗歌揭露反动、落后的封建社会，歌颂火热的革命斗争，渴望一个新社会的诞生。诗人欢呼革命，可是他久病不愈，于一九一九年一月二十七日逝世，没能看到一九一九年匈牙利苏维埃共和国的诞生。奥第同裴多菲和尤若夫被称为匈牙利三大诗人。

在匈牙利荒原上

我穿过一片变荒芜了的土地：
古老的荒漠处处杂草丛生。
我认识这片原野，
它就是匈牙利荒原。

我向神圣的沃土深深致敬：
这片处女地被撕咬着。
唏，这里野草茂盛，
为何没有鲜花？

野生藤蔓缠绕着它，
我窥伺着土地沉睡的灵魂，
是过去的鲜花的芳香
使它深深地沉睡。

一切是那样的静谧，
杂草把它盖严实，让它昏睡。
一阵喧哗大风，
从这片巨大的荒原上空掠过。

孔雀飞起来了

"孔雀飞到州府衙门的屋顶上，
众多穷苦青年即将获得释放。"[1]

华丽、骄傲的孔雀啊，用你们那太阳光辉般的翎羽，
向世界宣布新的信息：明天将会是另一个模样。

明天会是另一个模样，终将会是另一个模样，
新的斗争，新的目光欣喜般齐向天空眺望。

清新的风使古老的匈牙利树木发出叹息，
我们等待着，等待着新的匈牙利奇迹。

要么我们是傻子，失去最后一线希望，
要么我们的信仰终将变成现实。

新的火焰、新的信仰、新的熔炉、新的圣者，
要么你们得以存在，要么你们又走进谜一般的浓雾。

要么火焰烧毁古老而野蛮的州衙，
要么我们的灵魂继续受它的奴役。

要么匈牙利获得新的意义，

1　这是匈牙利古代民歌中的头两句。

要么依旧停留在古老、悲苦的境地。

"孔雀飞到州府衙门的屋顶上，
众多穷苦青年即将获得释放。"

无产者儿子之歌

我父亲从早到晚不停地
干活儿，汗水湿透了衣衫。
任何地方再也没有
比我父亲更好的人。

我父亲衣衫褴褛，
却给我买新衣裳；
还对我讲述一个美好的
未来，语调充满着慈爱。

我父亲是财主们的奴隶，
他们伤害、污辱这可怜人；
可是到了晚上，他带给
我们的却是美好的希望。

我父亲是个刚毅、伟大的人，
他给我们的是自尊与力量。
但他决不会
让自己在金钱面前屈服。

我父亲是个忧愁的穷人，
但如果不是为了照顾他的孩子，
他就会让这块土地上的大喜剧
停顿下来。

我父亲如果不愿意干，

那就不会再有富人，
我的小伙伴将会
像我一样成了穷人。

我父亲要是说出一句话，
唉哟！许多人就要颤抖；
他们就不会
那么愉快和幸福。

我父亲劳动与奋斗，
也许没有比他更坚强的人；
我父亲比国王
具有更伟大的权力。

红太阳

在迷信、愚昧的年代，
你捎来瘟疫和战争灾难，
神圣的太阳啊，快快升起来！
你就照耀着我。

面对垂死的我，不由得
朝四周看望：见到的是黑暗和悲哀；
向我们逼近的是：
不幸的黑夜、邪恶和昏暗。

旧的命运、旧的诅咒
到底还会逗留多久，
缓慢上升的太阳啊，
我朝你欢呼！

我不愿抱恨死去，
如同绷紧的弓弦，
怀着阴沉、痛苦的心，
了无生的希望。

神圣的太阳啊，快快升起来！
就在我愤怒地活着的时刻；
我一旦看见你：你必将更伟大，
也必将更威严。

倘若你看着我，放射出火焰，
如同《圣经》上书写的那样，
消灭恶人。那时，我就将
安然地倒身进入坟墓。

我生活在青年人心中

我永远生活在青年人心中，
狡诈的老者和凶残的愚人，
他们要想夺去我的生命，然而
不会得逞，因为我的生命连着一百万条根。

怀抱希望的神圣起义，
做青年人理想的永恒主人：
只有忠实于生活的人们，
才有资格获得如此命运。

的确，我需要生活，需要征服，
我拥有在痛苦中生活的权利，
诅咒、肮脏话语打倒不了我，
青年人会在心中保卫我。

我的生命是长盛不衰的，
他们无法夺走我的生命：
它是神圣的坟墓，
是神圣的生活，是永恒。

尤哈斯·久拉
（一八八三年至一九三七年）

生于普通职员家庭。毕业于布达佩斯大学。曾积极参加一九一八年、一九一九年革命，失败后受到迫害。他的诗《明天》在《西方》杂志上发表后曾轰动一时，闻名全国。他的诗歌反映了劳动人民的斗争，充满热爱祖国和革命人道主义精神。著名诗作还有：《蒂萨河的宁静》《匈牙利的夏天》《多饶的头》《匈牙利的冬天》《新的自由》《五月的节日》等。

匈牙利风光

牛群在小小沼泽边沿吃草，
如同一抹淡黄呈现在黄昏中间，
在越来越阴沉的天色里，
灰色的柳树蹲在一潭死水的岸边。

朝远方眺望，远处的草原，
通过麦克风送来音乐，
尖叫声、嘶哑声传来恐怖，
一只老鸭子从水洼里穿过。

黄昏，那是富于幻想的画家的绘画：
低沉的云彩是一束紫罗兰，
血红的金黄色涂抹在灰色的树上。

随后，他又把所有颜色给予蒂萨河，
痛苦的泥沙在不断地闪烁。
（匈牙利风光：在一位忧郁的匈牙利人的眼里就是如此。）

劳　动

我只是赞颂劳动，生活的母亲，
它是我们未来胜利的源泉；
我歌唱劳动，它超越哀悼和废墟，
走上自由之路。

工厂的烟囱高唱着凯旋之歌，
行进的火车在铁轨上发出和谐的旋律。
它是和平、进步和真理，
它扼制着雷鸣闪电。

在大城市里，在无垠的田野上，
它的歌声洪亮，永远在回荡，
直到所有偶像倒在这儿的尘埃里。

我只是颂扬它，生活的母亲，
美和自由是它的姐妹，
现在，它的世界正是黎明。

巴比茨·米哈依

（一八八三年至一九四一年）

匈牙利著名"西方派"诗人，翻译家。生于法官家庭。一九〇九年出版第一部诗集《伊里斯花圈上的叶子》。二十世纪三十年代主持《西方》杂志期间，提倡脱离实际生活的"为艺术而艺术"的资产阶级艺术创作。诗作《复活节前》表现对当局的不满和要求和平，《秋与春之间》流露出失望与淡淡哀愁。长诗《约拿书》反对法西斯专政，也以讽刺口吻进行自我批判。小说《死亡之子》描写三代人的不同命运。他还著有《欧洲文学史》，并翻译了但丁的《神曲》及古希腊、莎士比亚、歌德等作品。巴比茨有"科学诗人"的美称，他的诗歌注重形式美，艺术风格优雅、细腻。

诗人的遗言

只有我能成为我诗歌的英雄，
在我第一首和最后一首诗歌里：
我渴望把一切愿望全包罗进去，
但是，继续超出这一范围我也做不到。

我已坚信，在我自身之外别无他物，
即使是有，那也只有上帝知道。
野核桃仁本身已锁在核桃壳中，
我讨厌的是等待它被打破的命运。

我自身无力从魔爪中挣脱，
能逃脱的只是我的箭：愿望——
我十分清楚，我愿望猜想的是虚伪。

我留下来了：这对我来说是监狱，
因为我本身既是主体又是客体，
噢，我本身既是开始又是结束。

沙布·洛林茨

（一九〇〇年至一九五七年）

诗人兼翻译家。早年崭露才华，上大学期间已是知名诗人。十九岁时即同当时著名作家、诗人巴比茨、多特等人合作翻译莎士比亚全集，还独立翻译歌德、维龙等人作品。诗集《土地、森木、上帝》《光、光、光》揭露资本主义的腐朽，充满反抗情绪。二十世纪三十年代一度在诗集《为节日而斗争》《诗歌全集》中流露出孤独、失望情绪。一九四五年后思想发生转变，在长篇叙事诗《蟋蟀与音乐》中再度表现出追求生活的乐观精神。一九五七年获柯苏特文学奖。

致冬季的一簇接骨木矮树丛

可怜的矮树林，你的叶子脱落了！
在漫长的一年里，
我看见
你在编织丝绸般的绿色衣裳，
我多少次看到你在装扮自己，
让你自身更加芳香，
我猜想在你重重叠叠的百叶裙里面
隐藏着神仙般的秘密。

当我要走开的时候，我看到了你，
但仅仅是瞧了你几分钟，
我偶尔觉察到，你允诺，
你愿意对我讲述些什么；
可是工作在等待着我，我必须匆匆离去，
夏天和秋天也匆匆离去了……
现在，你变成赤条条的，老啦！
你所有的秘密也随即消失。

你只剩下一副骨架！铁丝般骨架！
你细长的腿直指天空！腿上是许多节子！
麻雀坐在你身上，
就如同站在鸟笼中间的杆子上。
冰冻的客人：它飞进来了，
给你身上披上点点小白雪；
我们惊讶地注视着，可是
在灰色的冬季天幕下，我们怎么办呢？

我们怎么办？站在雾霭中
我们彼此无言地对视。
我们记忆的眼睛在交谈，
我注视着你；
春天和夏日又重新来临；
那逃走的林中精灵，
绿色头发、花瓣身躯的
仙女，正透过叶丛往外窥伺。

盘子般雪白花束
挂满枝头，使人沉醉的
芳香直透云霄，
山雀和黄莺啭鸣着
在你枝头掠过，又偎依在你怀里，
带着盘子似的黑色伞托成熟了的
众多浆果，
掉落在发黄的土地上。

因为在这期间，
早秋披上了金黄色的火焰，
而你却醉醺醺地点燃了火，你发疯了，
这已超出了某种界限……
翅膀在颤抖，枝条沙沙作响……
骷髅般的灌木丛，你的模样可怕极了！
整整一年你都想说些什么，
而现在你终于显露出了你的面目。

你叙述的不是你，而是说我，
轻声的、黑色的告诫！

我也成了骷髅，犯有过失的骷髅，

我的一生犯有过错，

我的欢乐已经逝去，

回过头来已经不认识自己。

赞　扬

我父亲到我家里来做客，
他身体瘦弱，已经退休。
我不知道他是否曾为我感到自豪，
对我出版的一批书，他也不十分了解，
他认为有反应才会有价值，
这关系到我们家的名誉：我是什么人？
他既听邻居说，又根据我的情况做判断，
不过，对我做出判断也真不容易。
当神父（米哈依叔叔）赞扬我的时候，
这就让他感到"很是满意"；
但是米哈依叔叔已经故去……
父亲现在正坐在我们的家里，
倾听朗读我即将出版的诗集：
　　《蟋蟀与音乐》；
一滴眼泪突然从他眼中流出，
我妻子格拉劳请他用餐时，
他才轻轻地正了正眼镜，
有点难为情地拥抱了我，说道：
"这才是我的儿子……真的了不起！"

伊耶什·久拉

（一九〇二年至一九八三年）

生于农村贫苦家庭。积极参加匈牙利一九一九年革命，苏维埃共和国失败后流亡巴黎，结识阿拉贡、艾略特等人，开始从事超现实主义和象征主义诗歌创作。一九二六年回国，靠当小职员糊口。他的诗集《艰难的土地》《正在萌发的制度》以反映贫苦农民的命运引起关注，因而成为"民粹派"诗人。散文集《草原的人们》深入细致地描写草原人们的生活，其中也包含有作者个人的生活与思想感受。《裴多菲》一书论述裴多菲一生及其作品的思想意义。他曾三次荣获柯苏特文学奖。

一株杏树

一

一株小杏树，
还没有人的肩头高。
可是，累累果实
已挂满它的枝头。

踮着脚尖
向你伸手。
它仿佛是位
低垂眼睑的少女。

呵！请往前站一站，
挺起腰，
继续迈步
朝前走。

炎热酷暑，
气喘吁吁。
习惯地挥挥手，
吹拂，吹拂。

你衣衫上的胸饰
微微颤动。
受到赞扬，
你脸上泛红。

你在不断地
寻觅意中人。
这座花园，
就是她的舞厅。

二

每天，我都在她身边
度过我的良宵。
瞧，她又来了，
悄悄跟在我身后。

要是我返回来，
它就温柔地沙沙作响。
无形中产生
诗一般的魅力。

我亲爱的小杏树，
我愿与你共入梦乡；
在轻轻作响的麦垛上，
在凉爽的亭子间。

田埂上，水井旁，
你留下了深情的目光。
穿着银白色的衣裳，
你在匆匆赶路。

周围是一片宁静，
你步履轻盈，

把芬芳的躯体
投入我的怀抱。

我早已红着脸
瞧着你。
亲爱的，我恳求
你也要红着脸瞧着我。

犁在前进

犁在前进着，犁出
田沟一垄垄，
仿佛是为读者书写
一部巨大的书籍，
这部巨大书籍的书页
就是宽阔的田野，
那位穷苦老长工，
就是书写的笔。

犁在前进着，一行又一行，
将书页写满。
我是这部巨著的
唯一读者。
只有我懂得这意味什么，
又有何价值；
那位老长工第一次，
在耕耘自己的田地。

有一双杂交的母牛，
牵拉着犁在耕地，
它们如同母亲带着婴儿
正在道路上行走；
它们机灵地避开
坦克车的碎片，
让碎片成为巨大书页
插图的注释。

犁在前进着，老者也跟着前进，

犁出田沟一垄垄，

他本人如同工具一般，

丝毫不知道疲倦。

荒地在减少，耕地在增长，

田地面积在扩大。

历史如此这般书写着，

我的匈牙利。

那是谁的手？那支伟大的

无名的笔是谁？

我特意等待着

他从犁沟里走上来，

最终让我同他

紧紧相握——

可是他并不止步，只招招手；

要知道，还有许多工作在等待着他。

尤若夫·阿蒂拉

（一九〇五年至一九三七年）

　　生于工人家庭。青少年时期生活就十分艰苦。中学毕业后当过小职员。一九二四年考入塞格德大学法语系，翌年去维也纳和巴黎半工半读，一九二七年回国。在国外他接触了马列著作，参加工人运动。一九二八年参加匈牙利共产党。他的诗歌充满战斗激情，呼喊出劳动大众的心声。早期诗集《美丽的乞丐》《不是我呼喊》《我没有父亲，也没有母亲》表现诗人大无畏反抗精神，反映工农大众苦难生活。后期诗集《打倒资本主义》《外城之夜》《熊舞》《剧疼》等细致地反映工人阶级的思想情感与要求，深刻揭露资本主义罪恶。他是匈牙利无产阶级诗歌的奠基者。他的诗歌体现时代的战斗精神，艺术上善于运用现代主义象征表现手法，语言铿锵有力、旋律明快、形象鲜明感人。他同裴多菲、奥第被誉为匈牙利三大诗人。

青年生活进行曲

为了让我们能够吃上几片面包，
我们的父辈不得不付出毕生辛劳；
无可奈何，只得劳动，
因为得不到上帝的关怀。

然而，我们从没有享受过幸福生活的
人们，终于长大成人。
凭借坚强的意志、豪迈的气概，
现在，命运就掌握在我们手里。

从前，我们如同父辈那样是胆小鬼，
没有权力，只有真理。
现在，谁人胆敢挡住我们的去路，
我们必将他打翻在地。

我们是生活的儿子，
为真理斗争的勇士；
我们一旦行动起来，嘿嘿：
腐朽的世界将被彻底摧毁。

最后的战士

那是一个炎炎夏日的晚上，
天空弥漫着工厂的烟雾和大地的泥土气息，
我心中突然冒出一个奇异的念头：
我是街道和大地的儿子。

我美丽的心房是朵红花——
花瓣朝六大洲绽放，
无处不在的芬芳，
传遍世界各个地方。

"自由"从高山之巅降临，
却不为监狱、军营、教堂所接纳，
"自由"无时无刻不在我脑海里浮现，
其他一切只不过是空泛的思想。

我哭泣，就意味着世界在流血，
我发出诅咒，就意味着所有当权者在发抖，
我欢笑，连上帝也高兴起来，
寒冷的冬天也变成明媚的春天！

信仰、命运是我们内心的主宰，
要创造最新、最美的奇迹——
从我们脸颊上落下火热的"雪球"，
必是会将监狱和军营摧毁。

我一定要成为最后的战士，

心头燃烧着未来的火焰，

我的旗帜上书写着爱抚，

只要我一举手投足，世界就会颤动。

过着低头弯腰日子的人们，

也会将热情的帽子抛向天空，

我要成为人们内心的明镜，

我是街道和大地的儿子。

疲惫的人

在地里收割的几位农民，
默默无言地往家里走去。
我和河流并排地躺着，
软软的小草在我身下睡眠。

河水在奔流，沉默，宁静，
我心中的苦闷与烦恼，顷刻化成露水；
是男人，孩子，或者兄弟？不，都不是，
躺在这里的只是一个疲惫的人。

黑夜将静穆切割开了，
我是那温软面包中的一片，
天空安睡着，静静的玛洛什河[1]
与我的脸额上，星星在闪耀。

1　玛洛什河：位于匈牙利东南部赛格德市的一条河流，也是蒂萨河支流之一。

世界上最辛苦的人是穷人

即使上帝当上一位录事，
日日夜夜抄录不停，
总也抄写不完，
穷人需要遭受多少苦难。

世界上最辛苦的人是穷人，
他献给冬天的是寒冷，
献给夏日的是炎热，
献给荒原的是冷漠。

平常日子干活儿受苦，受尽折磨，
好不容易盼来星期六；
如果说星期天心情有所放松，
星期一又蒙上一层阴霾。

住在他心房里的原来是只鸽子，
声音都让孩子感到亲切，
可是一旦变成格里芬[1]，
孩子就成了受惩罚的一群乌鸦。

1　格里芬：寓言里的神鸟，鹰头和鹰翅膀，狮身。

以纯洁的心

我没有父亲，也没有母亲，
既没有上帝，也没有祖国，
既没有摇篮，也没有寿衣，
既没有接吻，也没有情人。

三天来我没有吃到一点东西，
既不多，也不少。
我的二十岁是权力，
我要把我的二十岁出售。

倘若没有任何人愿意收买，
那我就把它出卖给魔鬼。
以纯洁的心，我会去抢劫，
倘若有必要，我也会杀人。

人们把我捉住，将我绞死，
用祝福的泥土把我埋葬；
而死亡的毒草立即
从我美妙的心坎上生长。

最　后

我擦洗过油锅，也割过草，

我躺在发霉的草垫上，筋疲力尽；

法官判了我的罪，愚人对我讥笑，

可是我依然从地窖里发出光芒。

我原本有望跟一位姑娘接吻，

可是她却笑着替别人烘制松软的蛋糕。

有人送给我破旧衣裳，

我却把书籍送给工人和农民。

我曾经爱上一位富有人家的姑娘，

可是她的阶级出身却将她从我身边拉走。

两天时间我只吃上一顿饭，

我患上了胃病，

我觉得世界只不过是来回翻腾、发炎的胃脏，

而我们的爱情和头脑，

也患上了迷迷糊糊的胃病。

战争只不过是从胃里涌出来带血的呕吐物。

我们由于满嘴酸味而沉默不语，

我不得不敲打我的心房，让它大声呼喊！

我勤于思考的脑子不允许我

书写出那些雇佣的轻飘诗篇。

为了麻痹我的复仇意志，他们不惜

付出巨款。神父说："孩子，你皈依上帝吧！"

可是我知道，凡是空手回到上帝身边的人，

带去的是石块、斧子和锄头。

我是一个怀抱着光明心的、

一定会胜利的人：应当有力量，

从无数痛苦的回忆中，

选择真理，决定我站在哪一边。

不过，这些回忆跟我又有何关系？

还是把毫无用处的铅笔搁在一旁，

将镰刀打磨锋利；

原因是在我们居住的地球上，时间

正在默默不语、令人惊吓地逐渐成熟。

序　言

这里是我、丽迪的弟弟，
拔都汗[1]在佩斯的亲戚；
他没有蔚蓝色的被卷，
每天仅仅依靠吃面包过活，
他写的诗会让他死亡。
锅里煮的是豆子[2]——
唏，资本家！唏，无产者！
我，尤若夫·阿蒂拉在此！

1　拔都汗：史料记载，元朝成吉思汗孙子拔都汗在公元一二四一年占领佩斯。
　　这里意思是粗狂之人。
2　豆子：指穷人的食物。

摇篮曲

像是摇摆的芦苇，
像是潺潺流水将我摇晃；
仿佛是时隐时现的欢快，
仿佛是温暖湖水的长吻。

可能，可能她的爱情
会让别人感到愉快，
那就让他这么
轻轻地漂荡着她吧！

老桑树

大路旁有棵老桑树，

躯干伟岸，如同一位英勇卫士。

"喂，开小汽车的，注意！树干多么坚硬！"

"瞧，对于你们讨饭的，枝头上的果实多么柔软。"

一个西班牙农民的墓志铭

弗朗哥将军征召我入伍，我就当上一名凶残士兵，
我没有开小差，害怕他枪毙我。
我害怕——所以就在伊伦[1]城下跟
自由、正义作战，到头来死亡还是将我抓住不放。

1　伊伦：法国与西班牙的边境小城。

伐木者

我砍的木头堆成冰冷的山丘，
木节子尖声呼唤，闪烁光辉，
白霜飘落在我抖动着的头发上，
又高兴地跑进了我的脖子里，
我的时间像丝绒般轻轻飞去。

冰冷的斧头在头顶上闪闪发光，
大地、天空、眼睛、额头火星迸发，
清晨轻轻地掠过，木屑飞扬。
在那边也有人砍木头，边砍边诉苦：
我砍的是树根，却得到小枝。

嘿，你就刨你的树根吧！不要悲泣，
不要因为一丁点木屑而退缩！
如果你给命运以不断的打击，
老爷的草原就会高声呼号，
而那把宽厚的斧头在微笑。

我的妈妈

她双手捧着一只杯子，
在一个星期天的傍晚；
她安详地微笑着，
在黄昏里稍稍坐了一会儿。

在一个小小锅里，她从财主那里
带回来她的一份晚餐。
我们躺下了，我在沉思：
他们吃的可是一大锅哪！

她，就是我的妈妈：身体矮小，早已死去，
原因是洗衣妇都是早死的；
沉重的包袱，使她们的腿发抖，
炽热的熨斗，使她们的头疼痛。

要游山吗？脏衣服就堆积成山！
要镇静神经吗？湿衣服散发的蒸汽就凝聚成云块。
洗衣妇要想换换空气，
就可以爬到顶楼上去。

我看见她站住了，手里拿着熨斗。
她的身体一向就很脆弱，
资本终于把她压碎了。
你们想一想这件事吧！无产者们。

由于洗衣服，她的脊椎也变得弯曲了，
我简直不知道她曾经是年轻的女人，
在我梦里，她系着一条白色的围裙，
邮递员这时也向她致以亲切的问候。

纪念奥第

——他已经死去了吗？人们为什么每天都在用
语言、行动无声地将他杀死？
那些谄媚者为什么藐视他冷酷的愤怒？
偷偷摸摸将他比作遭受委屈的小姑娘？
匈牙利人站在地上，他就在土地里，
他愤怒地在手中紧握着一块泥土，
浮云将他胸中怒火送上天空，
然而他依然一息不停地坚持战斗。

躺在匈牙利神秘的黑土地里，
诗人没有安息，从不忘记坚持战斗。
他在一千霍尔特 [1] 土地上疾呼，满怀怒火，
在霍尔托巴吉 [2] 土地上乘风飞驰。
小干草垛被风吹得无影无踪，
这只不过让那些绅士老爷感到高兴。
在多饶 [3] 人民居住的村子里，诗人又将低矮
茅草屋顶积满的白雪往天空飘洒而去。

诗人的躯体回归大地，灵魂属于农民，
因此，农民能够生存，具有前途；
诗人的坟墓是三百万乞丐 [4] 的基石，

1　霍尔特：匈牙利土地计量单位，一霍尔特约等于零点五七公顷。
2　霍尔托巴吉：匈牙利东北部的大草原。
3　多饶：匈牙利历史上一五一四年农民起义领袖，失败后被杀害，但却成为
　　代表人民意志的英雄，受到人民崇敬。
4　三百万乞丐：指二十世纪二三十年代贫困的匈牙利农民的生活状况。

他们就在这上面建造房屋，耕种，收割，
从他美妙诗歌的韵律中发出有节奏的声音，
如同疾风劲吹，让宫殿窗户格格作响。
当斧头在新的土地上开辟出一条沟渠，
诗人就在那里生长出一朵永恒的花朵。

贝特仑·伊斯特万 [1]

他悄悄注视着太阳——
温暖的巴拉顿湖 [2] 湖水已渐渐变冷，
他落在湖面上的倒影，
要比他站在湖岸上的影子长。

他公务忙碌，无暇顾及我们，
尽管我们人数众多，成百上千！
他将未成熟的我们来遮掩，
我们是尚未成熟的葡萄。

像是他的头发，我们纷纷掉落。
在割草机没有割到的地方，
地球依然是空空荡荡，
假发人却可以光临。

在我因为饥饿昏倒时，
在尊敬与仇恨中写下这首诗：
纵然我死去，他却活在诗里，
在地球上永生不死！

1　贝特仑·伊斯特万：一九二一年至一九三一年间任匈牙利政府总理。在此
　　期间，资产阶级政权相对稳定，劳动人民却日益贫困。此诗就是讽刺当
　　权者。
2　巴拉顿湖：匈牙利著名淡水湖，岸边有众多度假胜地。

妈 妈

整整一个星期，我总在想念妈妈，
来来回回，回回来来。
她胸前端着篮子，格格作响，
腿脚麻利地往顶楼走去。

那时候我还是个老实人，
跺着脚放声大哭。
快把冒着水泡的衣服给别人呀，
把我抱上顶楼去。

她往上走去，默不作声地挂衣服，
既不责骂我，也不瞧我一眼。
悬挂的衣服沙沙作响，闪闪发光，
在空中摇摆飘荡。

我宁愿不再撒野，可是太迟了，
现在，我最终明白她是多么伟大，
她那满头白发在空中飘动——
将浸有漂白粉的水气往空中驱散。

社会主义者

打倒资本主义！一切权力与面包归劳动者……
我们在资本的泥坑里蠕动，我们的武器在我们身后
不停地撞击着——
我们亲密的武器，撞击、不停地撞击吧！
我们要牢记：不要寄希望侥幸而不经过斗争
　　　就能取得胜利。

我们有力量，用不着慌忙，我们牺牲了众多人，
　　　而无数人还在活着，
我们在山顶上聚集开会——我们来自地窖、
　　　矿山和煤窑，
时间将雾驱散——我们的山峰一座座显露。

时间将雾驱散，这是我们的时间，
我们必须进行斗争，
因为我们一直过着悲惨的生活；
工人得到的面包切开前就已经发霉，
稀粥煮好前就变了味，
牛奶倒进杯子前就已经发酸。
亲吻享受前就已经腐烂，
房子住进去之前就已经变成废墟，
工人一出生，自由就受到压制，
烟卷还没有卷好，就成了烟蒂——
这一切的原因都来自资本，
工人需要工作，学徒已经出师，
挥动铁锤击打，

世界啊!
用铁锤击打那燃烧得炽热的地方……

诗歌啊!去吧,作为一名阶级斗争战士,
　　你要跟群众一道飞去……!
你要到南方去,你要到西方去,我要到北方去,
　　同志!

跌倒的人 [1]

我们被他们拷打得体无完肤，
我们在外面如阳光般享受自由的同志们啊！
你们要惦记被关押在牢房的我们，
我们在牢房里踱步，凝视着远方。
我们浑身疲软躺在坚硬床上，
嘴里咀嚼的食物吐在地上，
他们判定我们患的是胃病和痨病，
如果我们不死亡，就要将我们消灭。
尽管身体虚弱，我们还在坚持斗争，
兄弟，你要帮助这些跌倒的人。

我们家里的火炉冰冷，裂了缝，
只得在冰冷的锅里准备晚餐；
锅中盛的是从菜市场肮脏地上捡来的
白菜叶和别人抛弃的剩菜剩饭。
妻子头脑昏昏沉沉，不停地责骂孩子，
邻居的妻子又在外面嚷嚷不停，
可是，无论如何她也讨不回去
曾经借给我们的不到半克的灯油。
我们面对的是冬天的饥饿和死亡：
兄弟，你要帮助这些跌倒的人。

你们想想，便桶散发出来的恶臭，

1　指不幸被捕的革命者。这是一首呼吁帮助被捕工人的宣传诗，以传单
　　形式散发。

会像毒菌般传播新的疾病。

给我们虚弱的身体送些衣服，

还有肥皂、马肉，送给我们。

还有书籍，哪怕是多么无聊的书籍，

因为在如同老鼠随意出没的夜晚，

没有妻子痛苦的折磨，会逼迫人发疯。

倘若你是位自由的人，就请减轻

　　　我们痛苦吧！

同志，因为你是"赤色救济"[1]，

兄弟，你要帮助这些跌倒的人。

我们曾经忠实地为革命进行斗争，

我们不能死去，要活着继续斗争。

资本家等着付给最低工资，

正在发动的警车在等着我们，

工运、工作和家庭都在等着，

直到剥削被彻底打倒，

镰刀闪闪发光，锤子奋力撞击，

直到监狱、工厂大门铁锁被纷纷打碎。

苏维埃万岁！工人阶级苏维埃万岁！

兄弟，你要帮助这些跌倒的人。

1　赤色救济：匈牙利工人运动的一个地下组织，专门负责给被捕的同志予以物质上的帮助。

工人们

资本主义列强正在四处张望，
它们撕咬世界的牙齿格格作响，
撕咬软弱的亚洲，惊恐的非洲，
一个个村落如同鸟巢般被摧毁。
大海成了它们的唾沫！无情的生产兼并——
资本张大黄色的嘴巴，
对着闪躲的小国呵气，
腥臭的毒雾将我们淹没。

在被它们白齿撕咬的城郊，
在阴森森气流笼罩的矿井，
机器轰隆、铁链抖动、铁板声响，
不停顿的传送带发出痛苦的呻吟，
吼叫着的变压器，
吸吮着发电机铁般的乳房。
我们就居住在这里，命运把我们
同女人、孩子、鼓动者紧紧联结在一起。

我们就居住在这里！我们的神经，如同
湿滑的鱼儿，在抖动的网里不停地挣扎。
我们劳动的报酬——工资，
在口袋里吱吱叫唤。我们这就步行回家，
用报纸包裹着的干面包就放在饭桌上，
报纸上刊登着新闻；我们享有足够的自由！——
是的！我们依靠半瓶白酒打发日子，
晚上，用电灯光驱走臭虫。

同志们，特务分子同时在寂静中出没，
醉汉踉踉跄跄，小伙子趁机走进妓院，
静夜无声，像是透过破烂衣裳，
在烟雾里袒露赤裸的胸腰。
这就是我们的生活，我们十分疲惫，
背靠背，如烂木块堆在一起，打着响鼾。
我们的住所潮湿，在摇摇欲坠的墙壁上，
写下我们祖国地图的痕迹。

不过——我的同志们，这就是
斗争中意志坚强的工人阶级。
为了工人阶级事业，我们如同工厂烟囱般挺立，
亦如受迫害者那般被迫藏匿。
历史的传送带运转不停，
最终完成了、创造出世界；
在这个世界上，工人阶级要在黑暗的工厂上，
钉上那熔铸出来的"人类"的星星。

你说，命运……

命运你说：你会给这样的人准备些什么？
他的手臂触摸不着锄头，
嘴角上没有沾上面包屑，
在烦恼和忧郁中打发日子，
他愿意交出土豆的三分之一，
可是他没有一垄土地，
头发不断脱落——
可是他一点也没有感觉。

命运你说：你会给这样的人准备些什么？
他只有一丁点的土地可以耕种，
还有一只饥饿咯咯直叫的老母鸡，
有个叫他烦恼的菜窖，
家里听不到驾车出行的声响，
公牛哞哞叫唤——他没有车——
想让一家人吃顿热饭，
可是只有碗底冒出热气。

命运你说：你会给这样的人准备些什么？
他一个人独自挣钱孤独地生活，
汤里没有盐，也不放调料，
小商店老板不肯给他赊账，
家里有张只能当柴烧的破烂椅子，
猫咪就蹲坐在那坏了的炉子上头，
他甩动着手上的一串钥匙，
瞧了瞧，孤单地躺下睡觉。

"一带一路"沿线国家经典诗歌文库·匈牙利诗选

命运你说：你会给这样的人准备些什么？
为了养家糊口他不得不拼命干活儿，
一棵白菜心会让家里闹得不可开交，
只有大女儿可以去电影院；
老婆有洗不完的脏衣服——
嘴上只有剩菜的味道，
为了节约不得不熄灯，
黑夜就在寂静中嗞嗞作响。

命运你说：你会给这样的人准备些什么？
他在工厂周边走来走去；
代替他捡雷管的
是妇女和头发稀少的小孩；
他注视着对面的围墙，
还有网袋和篮子，
睡着了，有人会叫醒他，
偷东西，人们就会将他抓走。

命运你说：你会给这样的人准备些什么？
他称点土豆和面包，
用报纸包好放到欠账顾客的篮子里，
秤盘上的碎屑也舍不得拂掉；
在昏暗灯光下，他一边收拾东西，
还不忘记抱怨——税太高捐太重——
即使涨高煤油的价格，
也获得不了多少利润。

命运你说：你会给这样的人准备些什么？
他是位诗人，既害怕，还是这样唱着：

234

他的老婆擦洗地板，

他四处奔波找一份抄写工作；

有了名声也不过是种商标，

如同各种洗衣粉的品牌；

如果再有一次生命，

他也要奉献给无产阶级的后代！

无　望

（迟缓，沉思般）
人，最后来到那忧郁，
积水、平坦的荒原，
面对四周沉思，敲打
聪慧的脑门，什么也不想。

我诚实地尝试漫不经心
对着周围张望。
桦树叶子上，闪烁着
斧子银色的光辉。

我的心安坐在虚幻的枝头，
细小的身子发出无声的颤抖，
小星星深情地看着它，随后，
一颗颗地在它周围聚拢。

小 麦

大雁从草原上空飞过，
如同我们无声的叹息。
大地悲鸣，小麦发出
呜呜声响。

我们的汗水，滴落在
干燥的泥土上，
如同麦穗上的粒粒麦子，
小麦发出呜呜声响。

面包的核心，资本的核心，
小麦朝仓库奔去，朝银行跑去。
这样的声音传到我们耳旁，
小麦发出呜呜声响。

小麦成熟了，灾难更加严重。
敌人已经武装起来，
法西斯要求安静！
小麦发出呜呜声响。

——我在哪儿生长，哪里
就是军容整齐的军营。
麦穗上是满满的子弹和排枪，
小麦发出呜呜声响。

——土地耕耘者，到我这儿来吧！

拖拉机制造者，到我这儿来吧！

无产者，来帮助我们吧！

小麦发出呜呜声响。

穷人在小偷中间

穷人在小偷中间，
穷人永远不害怕，
害怕什么呢？他的
心、灵魂比别人坚强。

穷人在小偷中间，
祈求上帝保佑！
穷人没有负担！
即使有也会将它抛掉。

穷人在小偷中间，
穷人在地里挖土豆；
为了想要维持生活，
穷人要把这个世界刨掉。

资本利润之歌

在煤油灯下和面，
烧制带孔的红砖，
手掌被磨破，
或者在街头出卖肉体，
弯腰低头修理坑道，
背着口袋去赶集，
无论你的手艺是好是坏——
利润总是资本家的！

蹲在地头上拔葱，
在汽油里洗涤，
宰杀咩咩叫唤的绵羊，
裁剪十分合体的裤子：
干不了也得干啊！
要是被他们赶走，你怎么办？
乞讨？偷盗？都逃不过王法——
利润总是资本家的！

写一些感伤的抒情诗篇，
或在烧红的铁钩上烤烤火腿，
挑选药材，或者去当挖煤工，
记账目，替老板出坏点子，
当挑夫，或者当门房，
住在巴黎或者住在荒郊农村——
到了领工资的时候，
利润总是资本家的！

无产者，也许你厌倦了，我还要说，
原来你肚子里就没有好东西——
凡是资本家让人劳动，
到头来，利润总是资本家的！

城　郊

每当黄昏降临，
我居住的地方——城市边缘，
煤灰如同小小蝙蝠，
张大柔软的翅膀飞临，
地面上渐渐积满
一层又硬又厚的鸟粪。

这个时代如同鸟粪般
沉压着我们的心灵，
沉重的雨水如同粗糙的抹布，
冲洗破烂的顶棚——
苦闷总也抹不掉
压在心头上的重负。

我们就是这样的人——用血液也改变不了。
一种新的人，另一种类型的人，
说的是另一种语言，头上长的
是另一种头发，
既不是上帝，也不是理性，
我们是煤、铁、石油的合成体。

真正的物质将我们铸成。
把我们注入模型里——
这是可怕的社会模型，
在模型里滚动、沸腾，
让我们在这个永恒的地球上，

成为毫无愧色的人类。

在传教士、军人、资产阶级之后，
终于轮到我们，
成为秩序的倾听者；
创造人类的终极目标，
如同小提琴奏出的低音符，
就在我们心中产生共鸣。

自从太阳系形成至今，
从未出现过如此情况：
不该毁灭的却屡遭毁灭，
尽管历史漫长，
可就在我们暂时居住的地方，
饥饿、战争、迷信、霍乱猖獗。

未来的胜利者，
从未如此受到侮辱，
如同在这个地球上，
我们这般受到侮辱：
低垂眼睑，目睹
深锁地下的秘密已被发掘。

我们来看看这个宝贝吧，
这部机器多么野蛮！
它一旦发动起来，
经受不起打击的小村子就得坍塌。
城墙也如同湖面的薄冰破碎：
在空中不断发出轰轰响声。

是谁能制服牧羊人的
那头疯狗，是地主吗？
它的童年就是我们的童年，
我们跟它一起长大。
叫喊它一声，它是头驯良的动物！
我们懂得如何呼喊它。

我们已经看出，
你们不久就要给它下跪，
为了让它成为你们的财产，
你们就得朝它顶礼膜拜。
但是，只有亲自喂养它的主人，
它才甘心情愿同他在一起……

我们在此：既彼此猜忌，又共处一地，
我们都是物质造成的孩子，
捧起我们的心吧！谁捧起它，
我们的心就归属于他。
因我们而获得幸福的人，
才会变得如此坚强有力。

捧起那颗心，放到工厂上空！
那是一颗巨大、灰暗的心，
只有那样的人看见，听见过它：
看见在烟雾中如同阴暗阳光的身影，
听见过许多深深矿井
发出的隆隆响声。

把心举得高高的，如同被劲风吹动，
它就在地球周围被棚栏隔开的地方，

我们对它吹一口气，它就会
摇摇摆摆哭泣不止。
我们对它吹一口气，将它高高举起，
让它在工厂上空冒烟。

直到秩序——我们辉煌才能的结晶
泛出光亮异彩，
直到我们在思想上理解
那有限中存在的无限，
生产力是外在，
内在是本能……

这首诗歌就在城市边缘地带呼啸着。
诗人，亲人都目睹着。
浓浓细细的煤灰，
一阵阵地飘落
地面，如同层层鸟粪，
是那样坚硬又厚实。

诗人——从他嘴里发出这些话语，
然后他（他是现实世界创造奇迹的
工程师）注视的
是觉醒的未来，
你们想要在外部创造什么，
而他就在内心里创造：和谐。

情 歌

一

我坐在光亮的岩石上，

初夏的微风

轻轻地吹拂，

如同晚餐时舒适又温暖。

我让我的心灵安静下来，

这么做并不太难啊——

已经逝去的一切又在我身边聚拢，

双臂下垂，

低着脑袋。

我观察着对面的山峦——

树上的叶片映照着

你额角上的光亮。

大路上渺无人迹。

我看见微风轻轻地

吹拂着你的衣裳。

我看见在嫩绿叶面下，

你低垂的一束头发，

还有迷人的乳房微微颤动。

——当汩汩流动的申瓦[1]溪流从我们

    身旁流过——

我又听到仙女的笑声，

1　申瓦：位于匈牙利北部的休养地。

如同从你洁白、鹅卵石般的
牙齿缝中发出。

二

我多么喜欢你啊！
你深藏在我心坎里的
无法捉摸的宁静
和无限的宇宙
都在诉说。
如同泉水飞离它发出的巨大声响。
无声地离我而去，
我在生活的巅峰，由远而近，
在天地间跳跃、颠簸，
我高声呼叫：
"亲爱、陌生的情人，我爱你！"

三

我，如同母亲热爱她的婴儿，
如同洞穴热爱它的深度，
我爱你，如同大厅喜爱充沛光线，
灵魂爱火焰、身体喜爱安静，
如同人们生活一天，
我就喜爱上生活。

如同大地接纳天空堕落的物体，
我喜欢接收你的动作、微笑和话语。
如同腐蚀剂镂刻金属片，
我出于本能将你镂刻在脑海里；

你美丽、可爱的形体，

我思想里充满着你的整体。

时间轰隆隆地飞逝，

但你的沉默却停留在我的耳朵里，

星星燃烧、坠落，

但我的眼睛依然保留你的身影。

你的气味，如同洞穴无声的沉默，

从我口中发出冷冷的气息。

你放在玻璃杯上的手，

细细的血管，

映照出蓝蓝的色彩。

四

啊！我到底是何种物质铸成，

竟然值得你将我分割、塑造？

我到底是怎样光彩的灵魂，

竟然值得让你感到惊讶，

让它在虚无缥缈的雾中巡视着

你那网状起伏不定的地域。

如同语言进入人们头脑中，

我也深深进入你身体的神秘中……

如同玫瑰花冠不住地摆动，

你的血液不停地循环着。

携带永恒电波不停地在运行，

让爱情在你脸上绽放花朵，

让你的子宫结出幸福的果实。

你胃部的敏感区域

布满了无数小条，

是纤细的线将它们联结了一起，

又重新折断——

让你众多细胞聚集，

发出自以为光亮响声的

是你那密密麻麻的肺部美丽的叶片！

在你肠子隧道里愉快地运行的

是那永恒的物质，

产生的元素（由于不停地工作）

让肾脏的热片获得丰富的活力。

在你的体内，是升腾、起伏不停的小丘，

还有闪烁不停的星座，

湖水在波动，工厂在生产，

众多的生命在活跃着，

甲虫，

水草，

残酷与良知，

太阳照耀，北极光在黑暗中闪亮，

在你体内徘徊不定的

是那不曾自觉的永恒。

五

如同凝结的血块，

我的这些话语，

就落在你的面前。

生活是极其无味的，

只有法则让生活复活。

然而，我那不断运行的器官，

虽然给予我新的活力，

却也默不作声准备永远沉寂。

但是，在沉寂之前，它们还要大声呼喊：

从二十亿人的茫茫人海里，

将你挑选出来；

你是唯一的、轻柔的摇篮，

坚硬的坟墓，生活的床榻，

请接受我呀……

（黎明的天空显得又高又远，

一支铁甲队伍闪耀着冷光，

我的眼睛被光芒刺伤，

已经感到绝望。

我听到在我上空，

我的心房突突跳动。）

六

（我乘坐火车跟随着你，

也许今天我还会找到你，

也许我发热的面孔会冷下来，

也许你会轻声细语对我说：

热水已经准备好，快来洗澡呀！

这儿有浴巾，快把身体擦干！

肉食已准备好，可以满足你的欲火！

只要我躺在哪里，哪里就是你温暖的床榻。）

哀　歌

在灰暗的天幕下，
烟雾缓慢、低沉朝地面飘去，
我的灵魂也在忧郁、低沉地飘荡，
不是飞驰，而是缓慢地飘荡。

啊！坚强的灵魂，漂浮的幻影！
且停下你追寻现实的沉重脚步，
低头瞧瞧你自己，
你的来源，就在这里！
就在这阴沉沉的天幕下，
高墙屹立的孤寂中，
凄凉、冷漠的寂静
提出要求、发出威胁，
化解沉思者心中
浓重的苦闷，
将它与千百万人的苦闷
融化在一起。

就是在这里，整个人类世界
得到形成。这里是无望的废墟。
在荒凉工厂的庭院里，
笔直的大戟草张开它那小小的伞盖。
白天，踏着窗户破裂灰暗的楼梯
往下走；
走到
那潮湿、阴暗角落里。

请回答：

你是此地人吗？就居住在此地，

忧郁的欲望始终伴随着你，

原来你就是这样的人，

如同其他可怜人那样，

被伟大的时代紧紧束缚，

痛苦让他们脸上皱纹变得更加扭曲。

你正好住在这里。这里倾斜的高墙，

发出尖锐的呼哨声，

护卫般注视着

那吃人的道德秩序。

你认识自己吗？这里，

无助的灵魂等待着

那稳定、美好的未来，

如同周边的空旷土地，忧郁、悲哀地

梦想着高耸、喧嚣的大厦。散落地面的

玻璃碎片，用其暗淡、僵直的目光

凝视着

那痛苦的草坪。

从小沙丘上，不时滚落下粒粒细沙……

也不时有蓝、绿、黑头苍蝇发出嗡嗡声，

急急忙忙地飞临，

破烂的碎布、垃圾将

它们吸引到这里，

它们来自富庶的地方。

受到祝福的祖国正被租息所困扰，

依然按照自己的意愿，

摆上饭食；

在破铁锅里，黄色野菜在开花。

你知道吗？
是何种明显凄苦的喜悦在
推挤你，使你无法在这地区存身，
又是何种沉重的苦恼，
将你推到这里？
被人群推打的孩子
就这样回到母亲怀抱里。
在母亲怀里，
孩子才能够真正地笑和哭。
这里才是真正的你，
灵魂啊！这里就是我的祖国。

挽　歌

妈妈，我常常发烧 36℃，[1]
可是你就是不来看护我。
像是一位轻浮的女孩，别人一招呼，
你就躺在那骸骨的旁边。
我企图在温和的秋天景色和众多
可爱女性形象中，复活你的身影，
可是我知道，这实在是太晚了，
我已经被熊熊烈火烧光。

我最后一次去索波特沙拉斯镇[2]，
那时，大战快要结束，
布达佩斯城里乱乱哄哄，
商店空空，没有面包出售，
我不顾一切攀爬上火车顶篷，
捎来土豆、布口袋里还装有糙米，
任性孩子般的我还给你捎来
一只小鸡，可是你已经不在人世。

你从我这里带走你自己和你甜蜜的乳房，
给予了地下的蚯蚓。
当然，这些花言巧语都不出自你的原意；
你抚慰你的儿子，对他唠唠叨叨，
你吹着搅动着，要让我喝的汤快点变凉。

1　意思是体温正常，精神上却患忧郁。
2　索波特沙拉斯镇：地名，位于中部平原的小城镇。

你说：宝贝，吃吧，你得为了我而活着！
可是，现在你嘴上尝到的却是软软、湿润的
泥土的味道——你欺骗了我啊！

倘若我能够将你吞下……
你将你那一份晚饭带回给我——是我要求的吗？
为何你让洗衣服弄弯了腰：
难道是为了让夹板将腰重又挺直？
你瞧，如果你现在骂我、打我，我能跟你顶嘴，
我该有多高兴、多么幸福！
可是，你在走向毁灭，真的是不中用啊！
你将一切都弄糟了。

比起所有的骗子、经常说得天花乱坠的
女人，你都显得更为虚伪；
你偷偷地抛弃了鲜活的我，
那可是在你的爱情呻吟中诞生的哟。
最后一刻，你如同小偷般把你微笑着
给我的一切全都拿走。
孩子大声诅咒着——你可听到？
妈妈，你为什么一句也不说我！

我终于清醒过来，
美好的传说消逝了。
沉湎于母爱的孩子发现，
自己的想法过于天真、虚幻。
母亲生的孩子最容易受骗，
不是骗自己，就是骗别人，
要想妥协，他必定死于妥协，
要想斗争，他必定死于斗争。

多瑙河畔

一

我坐在码头最下层台阶，
凝视着往下游漂浮而去的瓜皮，
我沉思在命运中，一点也听不到
水波的轻声细语，水底没有任何声响。
仿佛多瑙河从我心中奔流而来，
它是如此伟大、聪慧、混浊。

如同干活儿时身上的肌肉——
当他打锤、锉件、制坯、挖土时；
如同水面上的涟漪、水底的漩涡，
轻盈、紧张、巨响。
如同母亲边断断续续讲故事，
边清洗着城市的污浊。

随后，雨滴滴答答地下着，
毫无停息的样子，
如同人们从洞中观望下个不停的雨，
我也茫然看着面前的景致，
如同下雨天一样平淡无奇。
华丽的往昔已然逝去，恢复平淡、灰暗。

多瑙河水依然流动着，如同
一个躺在漠然母亲怀抱的孩子，
水面上的浪花乖巧地

朝我微笑、跟我嬉戏。
波浪在流动的时间里颤抖,
如同墓碑上摇晃的装饰物。

二

我此刻看到的一切,
其实已经注视了上十万年,
十万位先辈跟我一起,
观察到的全部过程,瞬间就都呈现。

我看见的,他们没能看到;因为他们
种地、杀人、拥抱,做了该做的一切。
他们——已经转化成物质的他们,看见我
见不到的,当我应当讲述自己故事的时候。

如同欢乐或者悔恨,我们也彼此了解,
他们出现在现今,我的出现在过往;
我们在作诗——他们紧握着我的笔,
我在回忆中感受到他们的存在。

三

我母亲有昆族[1]血统,父亲一半是萨科利族[2]、
一半是罗马尼亚族血统,也许全都是罗马尼亚族血统。
从母亲嘴里得到的食物很香甜,

---

1 昆族:约于公元一二三〇年从俄罗斯迁入匈牙利的少数民族,后与匈牙利族混合。
2 萨科利族:居住在罗马尼亚境内的匈牙利少数民族。

从父亲嘴里说出的真理很漂亮。

我一活动，他们俩就拥抱在一起，

为此，我常常感到十分忧郁——这就是过去。

我就从这个过程中走来。"我们死了，孩子，

你该如何办啊！……"他们如此嘱咐。

他们嘱咐我，原因是他们已经形成了我，

让我这个软弱的人获得无限力量，

我记起来了，现在的我比起从前的我"多得多"

因为我是全部祖先细胞的组合体——

我是祖辈，需要加大繁殖。

我要精神愉快地变成我的父亲、母亲，

我的父亲、母亲也要分裂成两半，

我就如此这般分裂成了一个热情的人。

我就是世界——以往存在过的，现在依然存在：

数不尽的争斗、厮杀、相互敌对的民族，

已经死去的征服者在我身上享受胜利的欢乐，

我也尝到被征服者的万般痛苦。

阿尔巴德和佐兰[1]，韦尔贝茨[2]和多饶——

土耳其人、鞑靼人、多特人[3]、罗马尼亚人，

他们全都融入我的心里，对以往负着债，

欠下的是一个和谐的未来——现在的匈牙利人。

……我需要进行工作。我们要承认以往的历史，

这可是一场严肃的斗争。

过去、现在和未来的多瑙河啊！

---

1 佐兰：被匈牙利人打败的保加利亚大公。

2 韦尔贝茨（一四六〇年至一五四二年）：多饶领导的农民起失败后，他代表贵族权益，制定法典规定地主对农民有生杀大权。

3 多特人：匈牙利语的斯洛伐克人称谓。

温柔的波浪在相互紧紧拥抱。

我们的祖先也曾进行过征服的战争。

在回忆以往时，要转变成和平，

这对我们来说是一个不小的使命。

三　月

一

温和的雨点滴滴答答地下个不停，

麦田里的麦苗节节往上生长，

鹤鸟又在工厂烟囱上安家，

驱散了迫使它们从冰雪覆盖山峰迁移的冬天。

欢乐的春天携来绿色炸弹，

就在这个世界上爆炸。

就在一家木匠铺门前，四面朝我

扑来希望，那是清新松树散发的芳香。

报纸上登载什么新闻？在西班牙，

匪徒们肆意横行，抢劫杀人；

在中国，有位愚蠢将军

把农民从他们的土地上赶走。

战争正在迫近，就要来临，

洁白的布就要泡在血水中，

穷人要遭受鞭挞遭受苦刑，

战争挑拨者正在进行策划。

我很是幸福：我的灵魂纯洁无瑕；

弗罗拉[1]又爱着我。可是却来了一伙赤裸裸、

不怀好意的下流仔，

使用坦克和武器反对我们；

1　弗罗拉：姑娘的名字。

反对我们的爱情。这类
低劣的企图让我感受到惊慌。
我只能从我们两人身上，
得到安慰和生活的力量。

二

男人是雇佣兵，女人是娼妓，
我不可能也不想去了解他们。
他们的罪行被过于夸大了。
不过，我担心的依然是我的生活，
因为除此以外，我别无所有。
我必须要仔细思量。
即使被侮辱的地球冷却了，
弗罗拉和我的爱情依然在燃烧。

因为我们要创造聪明美丽的小姑娘，
还要创造勇敢、智慧的男孩子；
他们将我们的一部分保存下来，
如同银河系保存着太阳的部分光辉——
等到太阳只发着微弱光线的那一天，
我们的后代将满怀信心，
驾驶着飞行器飞往遥远的无限，
飞向一个适合开垦的星球。

诗歌的艺术

我是诗人——但诗歌
对我又有何意义?
倘若黑夜里的流星返回天空,
那么,世界还称得上什么美?

时间慢慢地逝去,
我不愿意喝童话中的牛奶,
我吮吸的是真实的世界,
天空的云雾是世界的帐幕。

泉水多么美好——更何况能在其中沐浴!
宁静与颤抖相互拥抱,
开展一场聪慧的谈话,
那是细细的粼粼的波涛。

其他诗人——我跟他们有何关系?
他们全身肮脏,
让他们用虚伪的形象与酒,
把自己装扮成醉意蒙眬的模样。

我要大踏步跨越现代的酒馆,
走得更远,迈入思想深处,
我有着理智的自由,不愿意
装扮成令人不齿的奴性呆子。

吃吃喝喝,拥抱,睡眠?

你可要从无限的宇宙来衡量自己！
即使受到拳打脚踢，我也不愿
替卑鄙、暴虐的强权服劳役。

不用商量——让我做一个幸福的人！
要不然，人人都会轻慢我，
我全身会长满红斑，
高烧会吸干我身体的水分。

我不会让我控诉的嘴闭上，
要把所有一切向理智控诉，
我将这个世界视为我的恩人，
种地的农民必将会怀念我。

工人也会怀念我，
就在他们忙碌劳动间歇；
还有那些衣裳褴褛的街头流浪儿，
也会在电影院门口等待着我。

哪里有成群结队的歹人们——
那迫害我的诗歌的行列，
哪里就有兄弟们的坦克队，
轰隆隆地奏出我的诗歌的旋律。

我说：人并不伟大，却自以为伟大，
所以他还是个不成熟的孩子，
需要父母的照顾，
他的父亲和母亲——精神和爱情。

生日的纪念

我现今三十二岁啦，
写下这首诗就当作生日礼物吧！
　　小小的
　　小玩意儿！

我坐在咖啡馆的角落，
这件礼物却让我
　　大吃一惊，
　　大吃一惊。

原来我已经活了三十二个年头，
我哪一个月都没挣到过二百块钱。
　　一点也不错，
　　我的祖国啊！

倘若我可以当上一名教师，
而不是一个可怜的穷苦人，
　　整天整夜
　　耍笔杆子。

可是，我最终还是没能当上教师，
原因是塞格德大学那位令人费解的系主任，
　　坚持要将
　　我开除。

他无理地快速做出决定，

就因为我写出"我没有父亲"这首诗，
　　他马上
　　抽出利剑。

他以捍卫祖国的名义，对我发动攻击，
这让我记住他的姓名，
　　还有他的
　　愤怒。

"咳，只要我活着一天，
在这个世界上，您就别想当上教师！"——
　　话语结结巴巴，
　　却一副洋洋得意。

倘若霍尔格尔·安道尔[1]先生感到开心，
认为可以阻止我们诗人学习语言，
　　他的欢乐
　　未免过早。——

因为我将要帮助祖国全体人民
提高不低于中等学校的语言水平。
　　教育，
　　教育！

1　霍尔格尔·安道尔：一位思想保守的匈牙利语教授，以诗人创作的《以纯洁的心》一诗，将诗人开除出校。此诗对霍尔格尔做出反击。

祖 国

一

我在黑夜回家路上，
感受到微弱的沙沙声响，
如同温柔的微风轻轻吹拂，
素馨花儿在轻轻地击掌。

我的灵魂是座渴望睡眠的巨大热带森林，
人们却在露宿街头。
让我能够掌握语言，产生思想的社会，
反过来又将我紧抓不放。

如同喝醉的、
大自然的姘夫，
我被这样的社会捉住；
在荒凉的工人区，要不然
就在受到咒骂的黑暗洞穴，
社会沉寂，民族遭难。

二

上千种的国民疾病，
婴儿的频繁死亡，
单子制度[1]、罪恶的贫困，

---

1 单子制度：从前，匈牙利实行的一种制度，目的在于不让耕地逐渐减少，
一家只留一个男丁在家从事农事。

未老先衰的孤儿流落街头。

精神病患、自杀、难以理解的
期待奇迹出现的懦夫，
这一切都在促使人们清醒：
人们必得要从这样的状况里获得解脱。
必须让劳动者了解真相，
并且在明智的会议上，
讨论我们国家存在的上千个问题。

那些醉心于玩弄权术的议员们，
即使我们的种族面临毁灭！
他们关心的又是什么呢？

三

那些半截身子已经
埋在粮食堆里的地主老财，
还在不停地嚷嚷着叫人们
毁掉田庄和农场，去开垦荒地。

他们如同驱使牲口般
驱使保卫祖国的人们，
驱使那些聪明、勇敢的人们，
去选举贤明的国会议员。

宪兵漂亮帽子上的羽翎不住地摇晃，
他们满脸堆笑，保证、断言
谁谁必定要当上国会议员。

一千年来，人们只能像麦束般被
捆绑那样忍受着，期待着，
但最终还是只能"记名"投票。

四

地主老财既不是懒人又不是傻瓜，
他们加紧提防，生怕我们把土地抢走；
匈牙利一百五十万人，只得
无可奈何流亡美国。

心头依依不舍，双腿发软、发抖。
内心怀念，嘴里呕吐不止，
如同一位出于十分无奈的人，
只能在巨浪后面留下身影。

当人总是听挂在牛脖子的铃铛声，
他的伙伴就会明白，这样的疯子
往后不会给家里捎去钱财。

往事桩桩、件件记在心头，
世界在期待着我们，
如同等待着惶恐的流浪汉。

五

工人的工资不会比
工厂主被迫付给的工资多一点点；
刚刚购买糖和面包，
我只好喝一杯掺苏打水的酒过酒瘾。

为何问题愈积愈多？
说是要扶助工矿企业，
为何又不从工人利益考虑？
从来没有人关注这些事情。

纱厂女工只有在梦里才见到甜品，
却不知道什么是托拉斯。
等到人家在星期六给她发工钱，

还要从工钱里扣除一项项罚金。
饭锅发出微笑；你干了这么多活儿，
到头来还能挣来一些钱！

六

富人见穷人惊慌害怕，
穷人见富人也战战兢兢，
支配我们心情的是狡猾、害怕，
而非令人向往的希望。

吃了农民打下粮食的人，
却不肯付与农民权利，
雇工面色如同收割的麦子般蜡黄，
依然急迫要求获得土地。

在已经过去的一千年中，
人民的儿子背着个小小背包，
从众多的平民中间走出。

他的追求是如何能当上一位小官吏，
不过，他更应该去鞭打
他父亲在地下安息的坟墓。

七

然而，作为被流放的匈牙利人，
我受到惊吓的灵魂在大声呼喊：
让我做你的一名忠诚的孩子，
拥抱我吧！亲爱的祖国。

倘若你是一头被铁链锁着、摇摇摆摆
行走的狗熊——这是我所不能答应的！
我是一位诗人，不要让你的律师，
把我这一支笔抢走。

你已经将农民给了海洋，
其实，你应该将人性给人民，
将匈牙利血脉给匈牙利民族。

让我们不至于成为德国的附庸。
首先，你要让我写出更加美好的诗篇——
将幸福赐予我这样的诗人。

只有那些人吟诵……

只有那些人吟诵我的诗篇，
他们了解我，爱护我，
在虚幻的太空里摇摆着船只，
如同预知未来的先知。

因为在我的梦里，
在寂静中出现人的面影；
而且在寂静的心中，有时
驯鹿、老虎也会停留一会儿。

五　月

飘扬的枝条上绽放着鲜花，

预示着即将结出果实；

为了完成神圣使命，

人民如潮水般朝宽阔的街道涌去。

小小的甲虫在奔跑，

生命的口号在飞扬，

在辉煌闪耀的天幕下，

——节日已经来临——

自由正在迈开大步，

它从血和疲惫中诞生。

手牵着手，率领着

它漂亮的孩子——秩序。

劳德诺蒂·米克洛什
（一九〇九年至一九四四年）

匈牙利反法西斯诗人。出生于犹太家庭。幼年父母双亡，由祖父抚养长大成人。学生时代就对文学发生兴趣。曾在布拉格、巴黎等地同工人运动有过接触。由于他在诗歌里反对当局的法西斯行径，竟被剥夺当教师的权利，只能靠翻译、当家庭教师为生。第二次世界大战期间，他长期被强迫在集中营服苦役，战争快结束时，他被德国法西斯匪徒押往德国途中，于一九四四年十一月间遭枪杀。生前著有诗集《异教徒的祝词》《新式牧歌》《走吧，被判死刑的人》《愤怒的天空》等。作品思想内容深刻，富有战斗性，表达广大人民要求打败法西斯的强烈愿望。

黄昏颂

再过九分钟八点整，
火在水底下熄灭了，
岸边的草变得愈来愈浓密，
阴影紧紧地把它们捆在一起。

夜来临了，蒂萨河上
只有大木筏晃动发出的水声，
因为它也懒得游动，
它受到警告：太阳已被放逐。

太阳躲藏在高高的草丛中间，
躺在斜坡上休息，
随后又飞向各处，
途中突然变得愈来愈暗淡。

两株野罂粟花向追随者夸耀，
并不后悔看见了它们，
但立刻受到，天空的惩罚，
用刺骨的微风捎来信息。

降临的黑夜微笑着，
并不是让它们折断，
只是要它们的花儿低头，
很容易地让它们放弃红色信仰。

（这样，黄昏也衰老了，
已经可以告诉黑夜，
黑暗在蒂萨河上休息，
吞噬了整个河岸。）

根 [1]

根里存在着无限力量，
它喝的是雨水，吃的是土壤，
它的梦如同雪一样洁白。

根爬在地里，却又十分狡猾，
它从地里使劲往地面伸出，
它的手臂如同绳子一般往四周延伸。

坐在根的腿脚上的是蛆虫，
躺在根的手掌睡觉的是蛆虫，
全世界都布满蛆虫了。

然而，根依然活在土地里，
无论世界如何变化，
它仍然让树枝头上开满鲜花。

根滋养着开花的枝头，
给它输送最好的养分；
养料是多么甜美。

我现在就是一条根，
活在蛆虫中间，
在这种状况下写就这首诗。

---

1 一九四四年八月五日，诗人被德国法西斯关押在塞尔维亚集中营时写下的诗，不久诗人即遭杀害。

我原本是花朵，现在成了根，
在我上面是层层黑土，
我的生命眼看就被夺去，
悬在我头上的锯子在恸哭。

弗勒什·山陀尔
（一九一三年至一九八九年）

　　匈牙利当代诗人、翻译家。大学毕业后当过图书馆馆员、文学杂志编辑。十四岁发表诗作，有神童之称。二十世纪四十年代即出版诗集《石头和人》《人颂》。后定居布达佩斯，先在科学院图书馆工作，后作为自由撰稿人独立谋生，重要诗作有：《爱情A、B、C》《沉默的塔》《十一交响乐》《不朽之歌》等。他的诗作别具一格，往往独创优美意境。他的译著甚丰富，除了席勒等欧洲大诗人作品外，还翻译了我国大诗人屈原、白居易的诗作。他曾获柯苏特文学奖。

春之歌

你们，在无数光辉里颤动的乡村，
你们，缄默的森林，天庭的秋千，
你们，水汽蒸腾的草原，
把我的兴致当作蓝色的球带往高空！

你，金色的塔，春天的爱情！
你比暗淡的天空美丽百倍，你说：
我将怎么样？我如何讨取你的欢心？
我夜里辗转反侧，因为我找不到自己的位置。

瞧，鸟儿们又在歌唱，
百足之虫在石头下面蠕动，
骏马在嘶鸣，
被铁链锁着的巨人也在囚室里转动。

烤肉串的汉子带着铁叉即将到来，
庄稼汉又忙着去春耕，
河水在退去。
珀耳塞福涅[1]答应带来双倍祝福。

---

1 珀耳塞福涅：古希腊神话里的冥王哈得斯之妻，据说她半年住在人间，半年住在冥府；住在人世间时，万物生长，欣欣向荣，给人间带来祝福；住在冥府时，万物枯萎。

提起精神，我那永无止境的好兴致，
带着同情飞往你注视的岩石、土块，
因为那里才是永久的存在，
何必去寻找暂时的欢乐？

班雅敏·拉斯洛
（一九一五年至一九八六年）

工人家庭出身。本人当过工人，后当上小职员。早年就发表诗作。著名作品有《在匈牙利的春天》《唯一的生活》《我需要火》等。他的诗作反映劳动人民生活、思想情感，格调高昂，诗风刚劲有力，语言明快。他曾获柯苏特文学奖。

我活得更长久

黑夜警惕地守卫着大地，
老兵面上流露出愠色，
喃喃自语，他面对的是
冬天和战争。

风吹起来了，
驱赶着军队，
犹如一部魔鬼的大车。
车子在吱吱呀呀作响。

大地着火了，
四周的天空一片血红，
我的心脏噗噗跳动。
我比暴君活得更长久！

那时，我也在那里

……倘若我已经不在人世，
那时候，我的诗篇仍做出回答；
　　　我还活着。
犹如我的生活里好与坏，
那时你也总是同我在一起。
你和我的名字
经历过辉煌和暗淡——
我们永远合二而一，
如同诗歌与爱情不可分离。

希蒙·伊斯特万
（一九一六年至一九七五年）

农民家庭出身。大学毕业后当过报社记者，《新声》《同代人》文学杂志主编。一九五〇年，他以发表反映劳动人民呼声的诗作《我是证人》而跻身文坛。他的诗歌以描写和反映劳动人民的优良传统、解放后新的生活及变化为主要内容，给读者以清新、明快之感。主要诗作有：《黎明的婚礼》《成熟的日子》《云影》《直射的阳光》《时间幻想曲》等，还著有专著《匈牙利文学》，他曾于一九五五年荣获柯苏特文学奖。

盛开的樱桃树

傍晚，在林荫道上
我看到一株正在开花的小树，
月光照耀着
它那枝头披满白花的身影。
我误认为它是一株银杏，
其实，它是一株盛开的樱桃。

在高耸入云的高楼中间，
在闪亮着灯光的窗户下，
微风在轻柔地吹拂。
我止住脚步，凝视片刻，
直至一辆卡车
从街角飞驰而过。

它令人赏心悦目，
密密匝匝的花儿
犹如团团锦簇。
突然间，它们又像
轻盈的波涛，
悄无声息地朝你涌来。

月色朦胧，
樱桃树下，
有对恋人相互偎依。
闪闪发光的银色花瓣，
轻轻地飘落

撒满他们的肩头。

啊！多么美妙的图画；
如果诗人是忠实于幸福的画家，
就请留步，描摹这一画面：
一对忘却自身存在的多情青年，
春夜用鲜花
把他们笼罩。

树在轻轻地摇曳，
树下紧紧地拥抱着一对，
他们的手在微微颤抖。
盛开的樱桃树啊，
春天来了，
它将轻轻地摇荡你第一批果实。

我继续在月光下徘徊，
从心底里迸发出
这么几句真诚的祝福：
愿他们永远拥抱着站在一起，
哪怕四十年之后，
他们头上披满了白霜。

裴多菲到阿兰尼家来做客

在白色沙土的道路上，
仿佛是神话里的神仙，
诗人来到了，诗人飞临了……
萨隆达[1]的园子，你可知晓？
书记[2]先生，
你是否在门口等候他？

不，不，当消息结束时，
他正在蜂房里。
他多么想朝客人奔去，
如同弓弦射出幸福的箭。
"哎呀！我身上的背心太肮脏啊！"
来不及多想，
他就从后门往正房奔去。

"快，快换上新衣裳！"
妻子高兴地在身旁催促他。
"我手上沾满面粉，怎样
帮你呢？"她边拍着手边说，
她正在准备午饭，
厨房里弥漫着银白色蒸气
正往房梁上冉冉升腾。

---

1 萨隆达：阿兰尼的家乡。
2 书记：诗人阿兰尼曾当过村里的书记官。

"山陀尔到了，快把手边的活儿都停下！"
梳子、刷子不停地运作。
"唏，衣服上还沾有一根毛线呢！——"
没关系，他急匆匆往外跑去，
一直跑到大门口，
当他看见诗人时，
没有迟到，才放下心来。

诗人——裴多菲正在园子篱笆旁站立，
他在等候，
看见他的朋友穿上新衣裳，
立刻明白了情况：
"你认为我是谁呀？国王、伯爵？"
他说："要如此这般迎接我？"
假装生气模样就要离去。

阿兰尼迎上去，搂着裴多菲瘦瘦的胳膊，
紧紧地抱住不放，
裴多菲也笑了起来。
他们俩手携着手，开怀欢笑。
这是一次伟大的会见：
多尔第·米克洛什对视着
亚诺什勇士热切的目光。

在萨隆达的园子里，
两位诗人久久地对望着，
诗篇在他们心中燃烧，
诗篇属于伟大的革命。
两位未曾谋面的熟人，
从未见过的，比这

更坚实、更亲密的友谊。

两位诗人相互拥抱，
就这样站着、久久沉默不语，
有谁知道他们会站立多久，
"请进来吧。"阿兰尼说。
主妇在走廊正等候
他们亲爱的客人，
伟大的流浪者来临。

裴多菲走进去了——
园子里青绿的小草朝他闪烁，
鹅和鸡开始了大合唱，
为他们奏响美丽的歌曲。
"我最终来到了你的家！"
裴多菲说着，在门槛止步，
弹掉沾在靴子上
全国旅途留下厚厚的尘土。

尤哈斯·弗仑茨

（一九二八年至二〇一五年）

匈牙利当代著名诗人。父亲是石匠，去世早，家境十分清贫。他解放后才有机会上大学。毕业后在出版社当编辑，并从事创作，后当上文学杂志《新作品》主编。主要诗作有:《我的父亲》《饲养之国》《繁茂的世界之树》《天地万物之爱》等。他的诗作内容丰富、格调清新，曾获柯苏特文学奖。

燕子南飞

燕子南飞，燕子南飞，
张开翅膀迎风飞，
那是秋天的候鸟。
它们成群结队飞上天空，
在秋日的晴空里歌唱，
缓缓地在天幕下滑翔。

草枝枯萎了，秋天又来了，
人又重新学会
称颂炎热的夏天。
畜群在徜徉于雾中的山谷上号叫，
在银灰色的尘埃中
朝山上前进。

以往我的心总是同秋天一起哀痛！
现在，这种痛苦
不再使我的心灵加重！
倘若我看见
锦葵叶上、玫瑰树上、
眼睫毛上和胡子上结满白霜。

这里，时间已经表明是秋天。
可是我的人民的一切行动，
宣告它是青春期。
红色的森林仍在汹涌澎湃，
树叶在贪婪、闲荡的枝杈中间

纷纷掉落。

我的人民和我已结成一个整体。
比最沸腾的春天还要美丽，
繁荣是唯一的意愿。
一切都是徒劳的：燕子南飞，
夜间雁群尖声呼叫，
宣告冰雪即将来临。

燕子成群结队飞上天空，
这些秋天的候鸟
在秋日的晴空里歌唱。
它们在高空盘旋着。
到来的不是冬天，这里是
春天，而且将永远留下来。

火　炬

学生们个个比它高大，
在他们胸膛里它只是一丁点儿。
现在，姑娘们第一次燃起
爱情和青春的火光。

它身上飘散着火花，
向后座撒去。
在他们中间它就像个孩子，
姑娘们比臃肿的妇人更有魅力。

尽管她们的乳房娇嫩，但却坚实，
现在，里面的火愈烧愈旺，
她们的辫子盘成诱人的发式，
现在又把秘密藏进去。

她，成熟、纯洁的少妇，
稍稍站了一会儿，眺望远方景致。
在书页的音乐声中
她怀念第一次青春期。

火车头在窗下缓慢移动，
浓烟像云彩般挡住了窗户，
但她已经看见了远山蓝色的梦，
以及高耸的工厂烟囱。

他在朗诵诗篇，声音流畅！

给梳辫子的少女

叙述爱情和自由，

如同当年山陀尔告诉尤丽娅。

客厅就在春天的火焰里，

蜜蜂在轻轻地敲打着窗棂：

站在那里已经不是别的，而是

一支火炬，飘舞着未来和青春……

弗多尔·尤若夫

（一八九八年至一九七三年）

匈牙利现代著名诗人，曾出任《新时代》杂志主编，诗作以反映匈牙利现代生活为主，诗风清新，感染力强。

红色墓碑

坟头上白桦树树影在微微颤动，
这是温风习习的音符。
安息吧！你们安息吧！
静静地安息，
无声和平稳，
你们的生命已经停止。

他们来自哪里？
来自奔流不息的顿河，
来自闪亮发光的伏尔加——
现今已经走向死亡。
让他们获得温暖的安息，
在匈牙利的土地上。

因为这支部队
是为你进行作战，
他们一颗颗勇敢火热的心，
是为你而停止跳动。
他们不再唱响着
甜蜜美妙的歌。

他们来自远方，
部队向哪里挺进，
黑夜就从哪里消失——
他们在激战中牺牲，
这意味着永久死亡，

生命只不过是短短瞬间。

谢尔盖、伊凡、尼古拉，
全都在这里安息，
为了这块陌生土地，
他们战斗、牺牲，
土地啊！你就做
他们的父母吧！上帝！

他们再也唱不响
那忧郁、奇妙的歌，
当部队返回国时，
他们已回不了家乡，
第聂伯、伏尔加、顿河
祖国的温暖徒然在盼望。

温暖的祖国在徒然盼望，
死亡已经将他们吞灭——
为自由而战斗的部队，
理应接受永久祝福、感谢和纪念，
他们是为土地而牺牲，
如同他们流血，为他们流泪吧！

他们忠诚地完成了任务，
现在，他们一行行地在地下安息。
他们如同好心、沉默不语的恩人，
将我们从苦难中拯救出来。
让我们怀着崇敬的心，保护
他们的坟墓，让时间作为永恒的纪念！

杨柯维奇·弗仑茨
（一九〇七年至一九七一年）

匈牙利著名诗人，他的短诗《啊，朗朗的风……》在二十世纪五十年代被谱成流行的进行曲，在群众中广为传唱。

啊，朗朗的风……

啊，朗朗的风吹拂着
我们的旗帜，
啊，旗帜上大书着：
自由万岁！

啊，风啊，吹拂吧！
朗朗的风……
明天，我们要让
全世界翻翻身。

乔利·山陀尔
（一九三〇年至二〇一六年）

匈牙利当代著名诗人，大学毕业后从事诗歌写作，曾任文学杂志编辑，他的诗歌体现了欧洲现代主义自由体风格。

一座瞭望塔

一座高高的瞭望塔，
矗立在城市上空；
风儿
不曾给它送来尘土，
不曾给它捎来烦人的噪音，
不曾给它传来有轨电车的尖声呼哨，
不曾给它留住无声消逝的时光。
一头巴尔干斑鸠，
不慌不忙地围着
瞭望塔飞翔，
想要在生锈的报警器上面，
找到自己驻足之地。
如同两个流落异地的老乡，
我们目光相对。
斑鸠缓慢地扇动着翅膀，
扬起脑袋安稳地在蓝天下飞翔。
我追寻着往昔残缺的记忆，
听从它在秋日晴空自由翱翔。

泽克尔·佐尔坦
（一九〇六年至一九八一年）

匈牙利著名诗人。他出生犹太家庭，当过杂志编辑，诗风朴素，讴歌人间美好生活。

那是什么鸟

哎呀呀！别把

细细的笆篱拆掉！

篱笆上有只绿色小鸟

在栖息，啾啾鸣唱。

它先是飞上树梢头，

随后又飞落草地上。

绿色的森林、绿色的田野，

一只绿色的小鸟在游荡。

那是什么鸟！那是什么鸟！

蓝蓝的腿儿，绿色的翅膀，

昂首阔步在草丛上。

这里是陌生的地方，

小鸟继续赶路忙。

小鸟的羽毛沾上了泥浆，

鲜血染在一缕羽毛上。

小鸟，小鸟，别走呀！

现在是炎炎夏日，

落在树上的是黄色的尘埃，

村边人家的屋顶已经是炊烟茫茫。

小鸟，小鸟，别走呀！

留下来吧！小鸟，

密集的细雨将是小鸟的栏杆，

而这片原野就是鸟笼——小鸟栖息的地方。

明天就是秋天，

接着而来的便是冬季，

在雪白的树丛中，

在白茫茫的田野上，
小鸟在游荡。
那是什么鸟！那是什么鸟！
蓝蓝的腿儿，绿色的翅膀，
站立在蒙上白霜的枝头上。

鸟儿起床了

随着冉冉升起的太阳，
鸟儿欢快地起了床。
在黎明的
天幕下，
鸟儿吱吱喳喳，
像是吹起它们的梦幻，
又像是述说描绘它们的梦乡。
鸟儿拍拍翅膀，
然后从这株树上飞到那株树上，
它们在寻觅，
丰盛的午餐！
一口，
两口，
三口，
既有蛀虫，也有昆虫当食粮。
当太阳挂在高高的天空，
鸟儿已经填饱肚肠。

鸫鸟筑巢

我有幸看到
一个奇观，
那就是鸫鸟怎样
在枝头上筑巢。

由早到晚，它从不停歇；
先选好地方，
就运来草料、苔藓和泥沙，
还有干枯的小树枝。

星期一过去了，星期二也过去了，
日子就在鸫鸟拍动翅膀中消逝掉；
一个星期过去了，
篮子般的高巢终于造好。

这个鸟窝，竟像
一只精心编织的小篮。
感谢鸫儿，
感谢它让我观赏到这个奇观。

译后记

匈牙利文学属于较早被介绍到我国的东欧国家文学之一。二十世纪二三十年代，匈牙利一些重要作家的小说、诗歌作品就陆陆续续被译成中文，刊登在当时上海出版的图书期刊上。这首先要感谢鲁迅先生、茅盾先生等文学大师，正是由于他们具有开创性的译介工作，让中国读者很早认识、领略到包括匈牙利在内的东欧弱小国家民族文学的风采，即反抗与呐喊，引起正处在国家、民族危难时刻，呼喊起来反对外来侵略的我国广大读者的有感与共鸣。

鲁迅先生在一九〇七年发表《摩罗诗力说》一文，论述东欧弱小国家民族文学，其中就有匈牙利文学，尤其是对裴多菲更加着力介绍其生平与思想，高度赞扬诗人诗歌创作的艺术魅力。一九二五年，鲁迅先生亲自翻译裴多菲的五首短诗，一九二九年，他收到孙用先生翻译的裴多菲长篇叙事诗《勇敢的约翰》译稿，为之校订出版。著名革命作家殷夫（白莽）在二十世纪三十年代翻译了裴多菲的《自由与爱情》，在我国读者中得到广泛传吟。这些都成为匈牙利诗歌在我国译介传播的开端。

从二十世纪五六十年代开始，又有更多匈牙利作家的小说、诗歌作品的中译文本出版，我国读者也就有机会领略匈牙利文学的思想性和艺术成就。以诗歌为例，五十年代中期，《裴多菲诗选》中译本问世，让读者加深对这位爱国革命诗人的了解。此外，匈牙利一些重要诗人，如魏勒什马尔蒂·米哈依、奥第·安德烈、尤若夫·阿蒂拉以及现当代的若干著名诗人的诗歌也被介绍过来，同样受到读者欢迎。

不过，这个时期对匈牙利文学的引进，包括小说、诗歌在内，中译本大都是从世界语、俄语、英语和德语等语种转译过来的，直到二十世纪七八十年代，局面才有所改观，不仅有更多直接从匈牙利语翻译的文艺作品中译本，图书刊物上也登载介绍评论文章，其中就有关于论述魏勒什马尔蒂、裴多菲、奥第、尤若夫及其他诗人的论文和文章。但是，从总体而言，还是较为分散，缺乏系统性。

这部《匈牙利诗选》的编译工作，基本上从诗人和时代性着手考虑。十九世纪是匈牙利积极浪漫主义诗歌产生期，代表着匈牙利诗歌发展走向成熟，出现魏勒什马尔蒂、裴多菲、阿兰尼等杰出诗人，特别是裴多菲更是以革命爱国诗人身份登上世界诗坛，他的诗歌创作和革命行动体现出伟大的民族与时代精神，引领着诗歌发展方向，他本人也成为国家民族独立、自由与民主的一面旗帜。因而入选诗歌最多实属当然。阿兰尼诗歌创作别具一格，描写细腻，善于营造亲切气氛，深含乡土气息，对匈牙利诗歌发展做出了重要贡献。进入二十世纪，奥第以民主革命诗人面目出现，他的诗歌创作引发匈牙利诗歌新一轮的发展，与其他欧洲国家诗坛同步，标志着现代诗歌的萌生发展，他本人也成为匈牙利"西方派"现代主义文学（主要是诗歌）的主将，对匈牙利现当代诗歌发展同样做出引领作用和重大贡献。二十世纪三四十年代，匈牙利诗坛又涌现出一位在国内外享有声誉的诗人——无产阶级革命诗人尤若夫·阿蒂拉，他的诗歌创作在思想性方面具有强大的战斗性，体现出工人阶级的战斗精神，在艺术上应用现代主义的象征表现手法，别开生面，成为诗坛的又一大家，影响深远，所以入选诗作也较多，较为全面地体现了其诗歌创作的概貌。

继裴多菲、奥第、尤若夫之后，匈牙利诗坛继续出现繁荣局面，在他们影响下产生了许多新的流派，如继承裴多菲优良传统的裴多菲诗派、"西方派"衍生的新月派第二、第三代诗人，追随尤若夫的工人阶级诗歌等等，在当代匈牙利诗坛出现百花争艳的局面，当代匈牙利重要诗人的诗作也相应收入本诗选中。

总之，这部《匈牙利诗选》基本上按照时间顺序和具有重要代表性诗人系列进行编排，从而重点突出，全面反映出具有鲜明民族特征的匈牙利诗歌发展的路径和总体形态，为中国读者提供了一部较为全景式而又重点突出的匈牙利诗歌选集。由于各种条件所限，选集挂一漏万和不足之处，祈请专家学者和读者多加指教。

冯植生
二○一七年六月十九日于北京

总　跋

经过两年多时间的筹备与组织，"'一带一路'沿线国家经典诗歌文库"终于将陆续付梓出版，此刻的心情复杂而忐忑，既有对即将拨云见日的满满期待，更有即将面见读者的惴惴不安。

该项目于二〇一五年下半年开始酝酿，其中亦有不少波折和犹疑。接触这个项目的所有人都无一例外地认为，这是应该做而且只有北大才能做的事情，也无一例外地深知它的难度。

"一带一路"跨度大、范围广，多语言、多民族、多宗教、多文明交融，具有鲜明的文化多样性特征。整个沿线共有六十余个国家，计有七十八种官方或通用语言，合并相同语言后仍有五十三种语言，分属九大语系。古丝绸之路尽管开始于政治军事，繁荣于商旅交通，但其更重要的意义在于促进了人类文明的交往。它连接了中国、印度、波斯和罗马等文明古国，跨越埃及文明、巴比伦文明、印度文明、中华文明的发祥地，是东西方文明交流互鉴的重要通道。

如何更好地展现"一带一路"沿线人民的文化特质和精神财富，诗歌无疑是最好的窗口。诗歌是文学王冠上的明珠，精敛文学之魂魄，而经典诗歌则凝聚着各个国家民族的文化精神和文化理想，深刻反映沿线国家独有的价值观和对世界的认识。长期以来，中国学界和出版界一直比较重视欧美发达国家诗歌的译介与研究，对发展中国家尤其是一些弱小国家的诗歌研究存在着严重忽略的现象。我们希望通过对"一带一路"沿线国家经典诗歌的研究，深刻地了解一个国家，理解它的人民，与之建立互信，促进国内学界对"一带一路"沿线国家文学、文化和文明的了解，弥补我国诗歌文化中的短板，并为中国诗歌走向世界提供思路和借鉴，从而带动与"一带一路"沿线国家的深层次交流，为中国的对外交往和"一带一路"倡议的实施提供人文支撑。

　　北京大学外国语学院组织国内外相关领域的专家学者，于二〇一六年一月，正式启动"'一带一路'沿线国家经典诗歌文库"项目。该项目以北京大学人文学科的优良传统和北大外语学科的深厚积淀为基础，以研究和阐释"一带一路"沿线国家厚重的历史、文化内涵为己任，充分发挥本学科在文学、文化研究领域的传统优势和引领作用，积极配合和支持国家的"一带一路"倡议，为中外优秀文化的研究、互鉴和传播做出本学科应有的贡献。

　　北京大学外国语学院牵头组织的"'一带一路'沿线国家经典诗歌文库"项目，旨在翻译、收集、整理和编辑"一带一路"沿线六十余个国家的诗歌经典作品，所选诗歌范围既包括经典的作家作品，也包括由作家整理的、具有广泛影响力的史诗、民间诗歌等；既包括用对象国官方语言创作的诗歌，也包括用各种民族语言创作、广泛传播的诗歌作品。每部诗集包括诗歌发展概况、诗歌译作、作者简介等三个部分。

　　在此基础上，形成由五十本编译诗集构成的"'一带一路'沿线国家经典诗歌文库"第一批成果，这将弥补中国外国文学界在外国诗歌翻译与研究方面的不足，特别是对部分"一带一路"沿线国家的经典诗歌开展填补空白式的翻译与原创性研究工作具有重大意义，同时对沿线诸多历史较短的新建国家的文学史书写将具有十分重要的价值。

　　该项目自启动以来，先后成立了编委会和秘书组，确定项目实施方案、编译专家遴选以及编选的诗歌经典目录，并被确定为北京大学一百二十周年校庆的重要出版项目之一，得到学校、校友及社会各界的大力支持，建立起以北京大学外国语学院为核心，汇集国内外相关领域知名专家学者、翻译家的翻译、编辑团队，形成了一个具有高度共识和研究能力的学术共同体。

　　在这个共同体中的每个人都是幸福的，与诗为伴，以理想会友，没有功利，只有情怀。没有人问过我们为什么要做，每个人只关心怎样可以做得更好。无论是一无所有之时还是期待拿到国家出版基金支持之日，我们的翻译团队从没有过犹豫和迟疑，仿佛有没有经费支持只是我一个人需要关心的事情，而他们是信任我的。面对他们，我没有退路，唯有比他们更加勇往直前。好在我一直是被上苍眷顾和佑护的人，只要不为一己之利，就总能无往不胜。序言中，赵振江教授说了很多感谢的话，都代表我的心声，在此不再重复。我想说的是，感谢你们所有人，让我此生此世遇见你们。如果可以，我还想在此感谢我的挚爱亲人，从没有机会把"谢谢"说出口，却是你们成就了今天的我。

希望通过我们台前幕后每一个人的努力，把"'一带一路'沿线国家经典诗歌文库"项目打造成沿线国家共同参与的地域性的文化精品工程，使"文库"成为让古老文明在当代世界文化中重新焕发光彩、发挥积极作用的纽带和桥梁。

人也许渺小，但诗与精神永恒。

宁　琦

写于二〇一八年"文库"付梓前夜，北京

图书在版编目（CIP）数据

匈牙利诗选 / 赵振江主编 ; 冯植生编译 .—北京 : 作家出版社，
2019.8（2019. 9重印）

（"一带一路"沿线国家经典诗歌文库 . 第一辑）

ISBN 978-7-5212-0485-8

Ⅰ.①匈… Ⅱ.①赵…②冯… Ⅲ.①诗集－匈牙利
Ⅳ. ① I515.2

中国版本图书馆 CIP 数据核字（2019）第 067405 号

匈牙利诗选

主　　编：赵振江
副 主 编：蒋朗朗　宁　琦　张　陵
编 译 者：冯植生
选题策划：丹曾文化
责任编辑：懿　翎　方　淼
装帧设计：曹全弘
出版发行：作家出版社有限公司
社　　址：北京农展馆南里 10 号　　　邮　　编：100125
电话传真：86-10-65067186（发行中心及邮购部）
　　　　　86-10-65004079（总编室）
E-mail:zuojia @ zuojia.net.cn
http://www.ZUOJIACHUBANSHE.COM
印　　刷：北京通州皇家印刷厂
成品尺寸：160×240
字　　数：466 千
印　　张：20.75
版　　次：2019 年 8 月第 1 版
印　　次：2019 年 9 月第 2 次印刷
ISBN 978-7-5212-0485-8
定　　价：69.00 元